시애틀의
잠 못 이루는
서점

시애틀의 잠 못 이루는 서점

'아마존'의 두시에서
동네 서점이 사는 법

이현주 지음

물론 나는 이 도시를 사랑했다.

만灣 쪽으로 활짝 열려 있는 모습이 주는 느낌과 한여름의 열기 아래에서도 느낄 수 있는 이곳의 생기 넘치는 대기의 흐름을 나는 사랑했다.

나는 이곳의 햇살 가득한 섬세한 부두들을 사랑했다. 울긋불긋한 약동하는 시장市場, 매우 전문화한 서점들, 수집 가치가 있는 포스터들을 진열해 둔 가게들, 즐비한 술집들이 희미하게 반짝이는 두 생선 시장 사이에 몰려 있다. 낮에는 마치 거리들을 넓히려는 듯 협만峽灣에서 올라오는 미풍이 좋았고, 저녁에는 신기하게도 선창가 어림에서 멈추는 약간 잿빛 기운이 도는 목화 같은 여름 안개가 좋았다. 나는 이곳의 언덕들과 끝도 없는 계단들, 워싱턴 호수 위에 두둥실 떠 있는 것 같은 다리, 그리고 알래스카나 파나마로 떠나는 배들이 좋았다. 나는 퍼스트 애비뉴 주위로 잭 런던과 케루악과 긴스버그의 망령들이 배회하고 있는 그 "움직임도 거래도 없는 대로들"이 좋았고, 캐피톨힐 위를 떠도는 "거대한 자본의 취기"가 좋았고, 댄스 스텝들이 청동으로 박혀 있는 보도들이 좋았다.

베르나르 앙리 레비 지음, 김병욱 옮김, 『아메리칸 버티고』, 황금부엉이(2006)

머리말

책으로 먹고사는 이야기를 시작하며

나는 여행지에서 서점을 찾아다니는 부류는 아니다. 여행 중에 읽을 책은 집에서 넉넉히, 사실은 너무 넉넉해서 펼쳐 보지도 못하고 고스란히 도로 들고 가는 책이 허다할 만큼 챙겨 온다. 볼 것 많고 할 것 많은 여행길에 굳이 서점까지 들러야 하나 한다. 관광지를 오가다 우연히 재미있어 보이거나 예쁜 서점을 만나면 좀 둘러보며 한국에도 번역된 '유명한' 책 표지가 어떻게 다른지 살피는 정도다.

여행도 썩 좋아하는 편이 아니라서 각 나라에 구경할 만한 관광지를 일목요연하게 소개해 줄 뿐 아니라 일정을 촘촘하게 짜 줘서 내가 시간을 들여 알아보지 않아도 되는 패키지여행을 가장 선호한다. 예측 가능한 삶. 취향이란 게 있다면 내 취향과 질서에 따라 정돈된 우리 집이 세상에서 가장 좋다. 사람들이 종종 여행길에서 찾았다고 하는 자아나 영혼이 진짜 있다면 아이슬란드나 인도가 아니라 우리 집 어느 구석엔가 있으리라.

그렇다고 서점이 반드시 지켜져야 하는 '어떤 것'이라고 생각하지도 않는다. 있으면 좋겠지만 다들 더 이상 찾지 않고 효용이 다해 사라져야 하거나 다른 형태가 되어야 한다면 그럴 수도 있다고 본다. 그러니까 시애틀의 서점을 둘러본 이 책은 서점을 좋아해서 해외까지 나가 예쁘고 재미있는 서점을 찾아다닌 이야기라기보다 출판사의 제안에 따른 취재기다. 하필 시애틀인 이유는 이 년 남짓 살아 본 경험으로 다른 곳보다 덜 낯설어서고. 하지만 취재를 자처한 데는 다른 이유가 있었다. 약간의 사심을 얹어 과연 서점을 해서 먹고살 수 있나 궁금했다.

책 읽고 책 만드는 일로 먹고산 지 어느새 이십 년인데, 그동안 출판계에서 가장 자주 들은 말은 "단군 이래 최대 불황"이다. 지금은 전설 속 출판황금기로 그리는 1980-1990년대도 예외가 아니었다. 내가 출판이라는 '산업'의 한 귀퉁이에 입문한 때가 1990년대 중반이었는데, 그때도 역시 만나는 사람마다 자조하며 그렇게 말했다. "사람들이 책을 읽지 않는다", "책이 팔리지 않는다", "출판업은 사양 산업이다" 등.

다른 나라는 상황이 다를 거라고 하는데 정말 그럴까? 아마존닷컴Amazon.com의 고향, 미국은 다를까? 만약 다르다면 어떻게 다를까? 궁금했다. 책이 팔리는 방식이 획기적으로 바뀐 후 서점은 나이 든 사람의 기억 속에나 존재하는 곳이 되었다. 어슬렁어슬렁 동네 서점에 가서 책 구경을 하거나 만남의 광장 역할을 하는 대형 서점에서 친구를 기다리다가 우연히 마음에 드는 책을 만나는 일은 이제 드물다. 인터넷 서점에서 주문하고 배달을 기다리고, 아예 컴퓨터에서 내려받으면 끝인 책도 있다.

출판계가 더 이상 현실에 실망하지 않으려고 '단군 이래 최대 불황'이라는 비관을 방패로 삼고 있다고 생각할 무렵 문을 닫는 서점 소식이 들려왔다. 문구점을 겸하는 작은 지방 서점에서 시작해 지역 문화 거점 역할을 하던 중형 서점이, 마침내는 1907년에 문을 열어 거의 한 세기 동안 서울의 랜드마크였던 '종로 서적'이 2002년에 문을 닫았다.

사람들은 추억 속 장소가 사라진다는 상실감에 허전해했지만 곧 적응했다. 소셜네트워크서비스SNS에서 본 책을 인터넷 서점에서 주문했다. 이런 책 정도는 읽어야 '교양인'이라는 계몽적 분위기는 사라지고 독서는 더 사적인 일이 되었다. 동시에 책 사진과 읽은 이야기를 SNS에 올리며 장소와 시간을 초월해 많은 사람과 감상을 나눈다.

오륙 년 후 사라졌던 오프라인 서점이 다시 돌아오기 시작했다. 환경이 달라지고 독자가 달라졌으니 돌아온 서점도 다른 모습이었다. 2009년 8월, 온라인에 먼저 문을 연 '유어마인드'는 독립 출판물을 유통하는 채널이었다. 상업성이 없다는 이유로 팔리지 못한 책이나 개인 홍보나 자족의 목적으로 소수가 펴내는 책을 팔았다. 적게는 몇십 부, 많아도 몇백 부를 넘지 않는 소규모 독립 출판물이 대상이었다.

스물넷에 죽은 오빠를 기억하기 위해 오빠의 어릴 적 일기를 묶은 책도 있고, 어느 동네를 기점으로 버스 노선도를 따라가며 정류장을 하나하나 기록한 책도 있다. 개인의 사소한 관심을 담은 이런 책과 더불어 상업 출판에서는 수지타산이 도저히 나오지 않아 감히 기획하거나 펴낼 수 없는 책도 나왔다. 어차피 볼 사람만 볼 책이라는 자신만만함은 대범한 기획과 디자인을 낳았고 덕분에 유어마인드는 온갖 새로운 주제의 책과 낯선 저자를 만날 수 있는 통로가 되었다. '독립 출판'도 '독립 서점'도 모두 낯설었지만 오로지 그곳에서만 만날 수 있는 책, 뜻밖의 발견을 할 수 있는 장소라는 점에서 조금씩 알려졌다.

'무반응을 견디'며 온라인에서 알음알음으로 독립 출판물의 필요와 가치를 알리던 유어마인드는 다음 해 5월, 홍대 앞에 오프라인 책방을 냈다. 승강기도 없는 건물 오층이었지만 온라인을 통해 친구가 된 많은 사람이 모였다. '망하지만 말자'는 목표대로 유어마인드는 그런 책을 간절하게 필요로 했던 이들을 불러 모아 조금씩 성장했다. 2009년 12월에 처음으로 선보인 독립 출판물 시장 '언리미티드에디션'은 900명의 손님에게 900여 권의 독립 출판물 및 아트북을 소개했다.

2015년 일곱 번째 열렸을 때는 관람객이 13,000명까지 늘었는데, 핵심 기획자인 유어마인드의 이로 씨 말대로 "소규모 디자인 스튜디오, 디자이너, 예술가, 저자, 기획자와 편집자 모두가 각자의 방식과 규모로 '소수에게 선보이는 상품'으로서 출판과 제작을 시도해 볼 수 있다"는 것이 이 도서전의 가장 큰 장점이다. 소개될 기회를 얻기 힘들었던 디자이너나 기획자에게는 적극적으로 자신을 소개할 수 있는 자리이자 서로 영감을 주고받는 기회가 되었다.

유어마인드 이후 서울 곳곳에 작은 서점이 둥지를 틀었다. 역시 독립 출판물을 다루면서 소규모 워크숍 등을 적극적으로 유치하는 해방촌의 '스토리지북앤필름'을 비롯해서 주인장의 취향에 따라 시집, 문학, 추리, 젠더 이슈 등 주제별로 전문적인 책을 모아 파는 서점이 생겨났고, 술을 함께 팔거나 손님 하나하나에 맞춤한 책을 추천해 주는 서점, 서점과 숙박을 겸하는 '북 스테이' 등 다양한 형태의 독립 서점이 나타났다. 많은 사람의 비통 속에 떠났던 종로서적까지 2016년 돌아왔다.

이런 서점이 늘면서 관련 책도 많아졌다. 국내 서점은 물론이고 해외 서점을 둘러보고 쓴 책을 비롯해서 직접 서점을 열고 운영한 경험을 담은 책도 많아졌다. 최근에는 문 닫은 서점 이야기도 나왔다. 서점을 열겠다는 포부를 품은 사람도 많이 만났고 실제로 서점을 연 친구도 생겼다. 크게 보자면 이 흐름은 출판계에서나 이슈가 되는 찻잔 속 태풍에 불과할 테지만 이십 년 동안 '단군 이래 최대 불황'을 입에 달고 사는 업계 종사자로서 어리둥절했다.

대체 무슨 일이지? 업계 종사자끼리 모이면 암울한 기분만 커진다고 가끔은 만남조차 기피했어도 서로 먹고는 살게 해 주자는 대자대비의 마음으로 서로가 만든 책을 사 주며 버티고 있지 않았나? 호시탐탐 이 업계를 떠날 방법은 없을까를 고민하던 사양 산업 종사자로서 비관이 무색했다. 어찌 됐든 서점이 하나라도 더 느는 것은 반갑지만 마음 한쪽에 괜한 근심 또한 자리 잡았다(제 앞가림이나 잘 할 일이지).

오프라인 서점에는 공간과 상품과 사람이 필요한데, 과연 책을 팔아서 가게 세도 내고 먹고살 수 있는 걸까 하는 걱정. 어쩐지 미덥지 못한 마음도 있었다. 서점을 그럴듯한 여흥으로 여기는 건 아닌가라는 의심도 들고('그런 여흥이 뭐가 어때서' 하는 마음도 있지만). '여기 다녀왔소'를 전시하는 SNS 장소 수집가의 방문만으로 서점이 운영될까? 인터넷 서점이든 대형 오프라인 서점이든 전체 책 판매량은 기하급수적으로 줄고 있는 게 현실이니까.

실제로 문을 연 독립 서점 몇 군데를 돌아다녀 보았지만 손님은 손에 꼽을 정도였다. 인파가 북적대는 서울 한복판에서 카페를 겸하는 곳은 그래도 형편이 나았지만 경기

권으로만 나가도 민망할 정도였다. 카페와 서점을 겸한 부천의 서점 하나는 카페는 내내 열지만 책방은 주말 오후에만 연다. 아무것도 모르고 평일에 찾아갔다가 주인이 문을 열어 주어 겨우 구경할 수 있었다. 감히 책 이야기에 먹고사는 이야기를 얹는다고 불경하게 생각할 사람도 있을지 모르겠다. 하지만 아무리 좋은 뜻이라도 지속 가능하지 않으면 결국 그 뜻은 훼손되고 만다.

해외 서점 이야기를 책으로 만들어 볼까 한다는 출판사의 계획을 들었을 때는 두 가지 마음이 함께 있었다. 어차피 책은 읽을 사람만 읽을 테고 책 좋아하는 사람이 서점도 좋아하고 서점 이야기도 좋아하고 서점도 하고 싶어 할 것이니 이국적인 서점을 소개하는 책이라면 기본 부수는 팔리지 않겠냐는 게으른 기획이라고 의심하는 마음이 없었다고는 못하겠다.

그런 의구심에도 덥석 시애틀이라면 내가 하겠다고 나섰다. 그곳 출판계 종사자는 어떻게 먹고사는지 정말 궁금했다. 출판업과 책과 서점이 처한 현실이 우리와 얼마나 같고 다른지도 궁금했다. 시애틀의 출판 종사자는 어떤 생각을 하고 있는지 혹시 어떤 비법 같은 것이 있는지도 궁금했다. 2016년 겨울, 전 세계 오프라인 서점의 공적公敵인 아마존 본사가 자리 잡은 시애틀로 날아왔다. 크리스마스 시즌이 막 시작될 무렵이었다.

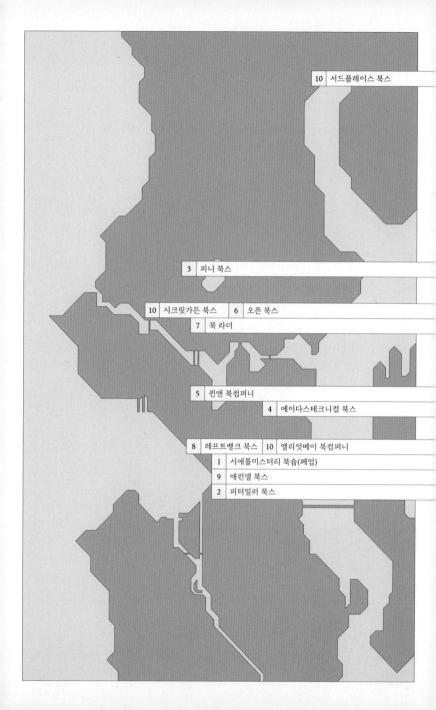

10 서드플레이스 북스

3 피니 북스

10 시크릿가든 북스 ｜ 6 오픈 북스

7 북 라더

5 퀸앤 북컴퍼니

4 에이다스테크니컬 북스

8 레프트뱅크 북스 ｜ 10 엘리엇베이 북컴퍼니

1 시애틀미스터리 북숍(폐업)

9 애런델 북스

2 피터밀러 북스

Seattle Mystery
Bookshop

1 | 시애틀미스터리 북숍

30년 가까이 건재한 서점이라니!

문구점을 겸하며 문제집이나 참고서, 학교 권장도서를 팔던 학교 앞 서점을 빼고, 내게 최초의 서점은 책을 팔고 사는 곳이라기보다 만남의 장소였다. 서점 문이 열릴 때마다 만나기로 한 친구가 왔는지 흘깃거리느라 책은 늘 뒷전이었다. 손에 들고 넘겨 보던 책은 그곳이 서점이기 때문에 동원된 소품에 불과했다. 사춘기 학창 시절 대부분을 보낸 인천에는 '대한 서림'이라는 고풍스러운 이름의 서점이 있었는데, 이곳이 단골 약속 장소였다.

인천의 구도심인 동인천역 한복판에 자리 잡은 대한서림 근처에는 길고 긴 지하상가를 비롯한 쇼핑가와 패스트푸드점 등 다양한 식당이 즐비했다. 우리는 서점에서 만나 지하상가에서 딱히 쓸모도 없는 물건을 사거나 신포시장까지 가서 음식을 사 먹었다. 가끔 레스토랑처럼 꾸며진 분식집에서 기분을 내기는 했어도 친구와 함께 서점을 둘러본다거나 책을 산다거나 하는 일은 정말 한 번도 해 본 적이 없었다.

서점은 엄연히 물건을 파는 '상점'이었지만 아무것도 사지 않고 나와도 죄책감을 느끼거나 눈총을 받지 않는 거의 유일한 공간이었다. 자리를 옮길 때마다 따라다니며 물건을 권하는 점원도 없었다. 이 책 저 책 꺼내서 책장을 넘기며 오래 서성여도 뭐라는 사람이 없었다. 내게 동인천의 대한 서림이 있다면, 어떤 이에게는 서울의 종로 서적, 안양의 대동 문고, 부산의 영광 도서, 전주의 홍지 서림이 그런 곳이리라.

이런 서점의 너그러움은 시애틀이라고 다르지 않다. 수년 전 처음 시애틀에 왔을 때, 처음 가 본 서점은 보더스 Borders였다. 깔끔하고 중후한 외관과 함께 커피 향이 나를 맞았다. 한국도 대형 서점 한편에 패스트푸드점 등이 있었지만 아예 카페가 서점의 일부로 들어와 있는 것은 처음 본 터라 신기했다. 계산을 마친 책을 안락한 의자에 앉아 커피 한 잔과 느긋이 즐기는 모습이 보기 좋았다. 그때와 달리 지금은 별로 새롭지 않지만.

하지만 보더스는 지금 없다. 반스앤드노블Barns & Noble에 이은 두 번째 규모의 서점 체인이라는 명성이 무색하게도 2011년 2월에 파산했기 때문이다. 서점 이야기를 하자면 파산이나 폐업이 어쩔 수 없이 따라붙는다. 많은 이의 학창 시절 추억 속 장소인 지방의 중·대형 서점도 폐업하거나 파산의 위기에서 기사회생하거나 둘 중 하나다. 아이 교과서를 사러 수년 만에 들른 대한 서림도 단독으로 오층 건물을 사용하던 과거와 달리 목 좋은 일층과 이층을 대기업 체인의 빵집으로 내줬다.

시애틀에 가 볼 만한 서점이 어디인지 자료를 살피다가 '시애틀미스터리 북숍'을 가장 먼저 가 봐야지 하고 마음먹은 것은 순전히 30년 가까이 건재하고 있다는 사실 때문이었다. 역시 가을에서 봄까지 이어지는 우중충한 우기 덕분에 시애틀은 미스터리와 스릴러를 사랑하는구나 하는 근거 없는 선입견도 있었지만 사실 서점을 둘러싼 이야기가 흥미로워 마음이 더 끌렸다. 모름지기 서점이라면 남다른 이야기 하나 정도는 있어야지!

시애틀미스터리 북숍

Seattle Mystery Bookshop

우연이 모여 필연이 되다

웹사이트 정보에 따르면, 1990년 문을 연 이 서점은 드라마틱하지만 작은 우연에서 비롯되었다고 한다. 서점의 창립자인 빌 팔리Bill Farley는 1989년에 시애틀과 정반대쪽에 있는 필라델피아의 미스터리 전문 서점 후더닛?Whodunit?에서 일하고 있었다. 빌과 그의 아내 비 조B Jo Bauer는 미시간에서 일반 서점을 운영하기도 했지만 후더닛에서 일하면서 비로소 자신에게 맞는 옷을 입은 듯한 편안을 느끼고 있었다.

그러던 어느 날, 서점에서 열린 사인회 행사에 미스터리 작가 애런 엘킨스가 참석해 행사를 마치고 이런저런 이야기를 나누는데, 시애틀에도 미스터리 전문 서점이 필요하다는 말을 했단다. 우연도 이런 우연이 있나. 빌은 그 얼마 전 휴가차 아내와 함께 시애틀에서 며칠을 보내면서 여기서 미스터리 전문 서점을 하면 어떨까 농담 반 진담 반으로 이야기를 나눈 참이었다.

빌 팔리는 하디 보이스Hardy boys와 낸시 드루 시리즈를 읽으며 어린 시절을 보냈는데, 어른이 되어서는 탐정 네로 울프가 등장하는 렉스 스타우트 소설의 광팬이 되었다.

어느 정도였냐면, 렉스 스타우트의 모든 책의 초쇄본과 매판의 초쇄를 비롯해 각국 언어 번역본까지 모으다 급기야 아무 흥미도 없는 정원 가꾸기 책을 단지 렉스 스타우트 동생이 썼다는 이유로 사들이기까지 했다.

극단까지 다다라야 비로소 제정신이 드는 건 동서양이 다르지 않은가 보다. 그는 자신이 사들인 정원 가꾸기 책을 물끄러미 보다가 비로소 스타우트 책 수집을 멈췄다. 그래도 한때 스타우트의 열혈 팬으로서 스타우트의 출생 증명서 사본과 저자 친필 서명본 한 권은 지난 열정의 유물로 소중히 간직했다. 열혈 미스터리 독자에서 미스터리 서점 직원으로, 결국 미스터리 전문 서점의 주인. 운명이라 하기에도 논리적 귀결이라고 보기에도 딱 맞는 결말이다.

시애틀에 미스터리 서점이 필요하다는 애런 엘킨스의 말은 방아쇠가 되었다. 빌은 주저 없이 시애틀로 이주를 결정했고 늘 만들고 싶었던 서점을 열었다. 책으로 둘러싸인 아늑한 분위기에 다양하고 방대한 미스터리 책을 접할 수 있는 서점 시애틀미스터리 북숍이었다. 광적인 미스터리 팬을 위한 곳이라기보다 평범한 미스터리 독자를 위한 공간이 빌이 꿈꾼 서점이었다.

빌이 시애틀 도심에 짐을 풀 때 운명적 만남이 또 한

시애틀미스터리 북숍

Seattle Mystery Bookshop

번 찾아왔다. 책 상자 수십 개를 쌓아 놓고 개점 준비 중인 서점을 찾은 첫 손님 제이 비 디키J. B. Dickey는 개봉 전인 책 상자 여든여덟 개를 보며 빌에게 말을 건넸다. "제 도움이 필요할 거 같군요." 그렇게 인연을 맺은 제이 비는 그 후 수 년 동안 빌을 돕다가 나중에 서점을 인수해 시애틀미스터리 북숍의 두 번째 주인장이 되었다.

시애틀 미스터리 애호가의 열성적인 도움도 빌의 서점이 자리 잡는 데 큰 역할을 했다. 시애틀 미스터리 독서 모임을 이끌던 샌디 구드릭은 뉴스레터를 만들어 주었고, 역시 서점 단골손님이었던 수전 데니스는 웹사이트 구축에 도움을 주었다. 작은 지역 서점의 부름에도 마다 않고 사인회를 위해 찾아온 많은 작가 역시 이 서점이 미스터리 전문 서점으로 자리 잡는 데 도움을 주었다.

지금이야 척하면 척이겠지만 초기에는 실수도 많았다. 문을 열고 처음 마련한 유디스 잰스의 사인회 때는 깜빡하고 거스름돈을 준비하지 못했다. 은행 문마저 닫은 상황이라 작가의 지갑을 털어 첫 손님의 거스름돈을 마련했다. 사례비는커녕 가뜩이나 사정이 안 좋은 작가 지갑까지 털다니. 하지만 한국에도 캐드펠 수사修士 시리즈로 널리 알려진 엘리스 피터스가 예고도 없이 나타났을 때 심장이 멎는 줄 알았다는 고백은 좀 귀엽다.

무심한 듯 세월의 흔적을 드러낸 서점을 만나다

1998년 시애틀의 미스터리 전문 서점 역사를 시작한 빌이 은퇴하고 제이 비 디키가 그 뒤를 이었다. 서점에서는 웹사이트에 이런 사정을 소상하게 설명하고 사진도 올려 두었다. 이런 사랑스러운 역사와 이야기를 가진 서점이 미스터리 책을 판다니! 당장 가고 싶었다. 시차 적응이 끝나자마자 찾아 나섰는데, 서점은 뜻밖에도 시애틀 도심 한복판에 있었다.

시애틀 관광객이라면 반드시 들르는 스타벅스 1호점과 파이크 플레이스 마켓에서 한두 블록 떨어진 곳이라 관광차 들른 사람도 관심만 있다면 얼마든지 갈 수 있는 거리였다. 도심 한복판에 있는데도 어딘지 아늑한 느낌을 주었는데, 가게 앞길이 경사져 있어서 서점이 반쯤 지하에 숨은 구조 때문인 것 같았다. 서점까지 입구가 길고 천장이 낮아 어쩐지 동굴 속으로 들어가는 기분이었다.

서점 안에서 보니, 창문으로 거리를 바삐 지나는 인파

시애틀미스터리 북숍

Seattle Mystery Bookshop

시애틀미스터리 북숍으로 들어가는 입구다. 붉은 벽돌로 아치를 이룬 길을 따라 걸어가면
서점 입구가 보인다. 고풍스러운 분위기를 풍겨 오랜 역사가 느껴진다.

밖에서 들여다본 시애틀미스터리 북숍. 길이 경사져 있고 서점은 반지하층에 자리하고 있
다. 바깥이 잘 보이지 않아 서점 안에 들어가 있으면 세상과 단절된 듯 느껴지기도 한다.

의 다리가 보였다. 의도하지는 않았겠지만 세상이 어떻게 돌아가든, 이 안에 있는 이상 그와 무관하거나 무심해도 된다는 뜻 같았다. 하긴 서점이란 대개 그렇지 하고 나도 모르게 고개를 끄덕였다. 수염을 기른 커다란 체구의 서점 주인은 손님에게 무관심했다. 작은 서점 안을 바삐 오가며 자기 볼 일을 볼 뿐 상냥한 인사는커녕 관심 어린 눈길 한 번 주지 않았다. 이 사람이 두 번째 주인장 제이 비 디키일까?

무관심이 서점의 규칙이라도 되는 듯 띄엄띄엄 오는 손님도 서가 앞에 바싹 붙어 서서 다른 곳에는 눈길도 주지 않은 채 책을 살핀다. 신간과 베스트셀러는 출입구에 들어서자마자 잘 보이는 자리에 두었고 계산대가 옆에 있었다. 장르별 구분과 작가별 구분은 기본이지만 '스칸디나비안 미스터리 코너'를 따로 둔 것이 눈에 띄었다. 사오 년 전부터 한국에도 불기 시작한 북유럽 미스터리 바람이 세계적인 추세임을 증명하는 것이겠지.

출입구 오른쪽 옆으로 사람 허리 높이의 특별 전시대가 놓여 있었다. 처음 갔을 때는 크리스마스용 미스터리를 모아 놓았는데, 크리스마스 시즌이 지나고 다시 찾았을 때는 '넝마 페이지'The tattered page라는 제목 아래 1960−1970년대에 출간된 고전 미스터리를 전시해 놓았다. 전시라고

시애틀미스터리 북숍

Seattle Mystery Bookshop

부르기에 민망한 규모지만 개인 소장임에 틀림없을 책 주인의 미스터리에 관한 애정이 전해져 어쩐지 마음이 따뜻해졌다.

그러고 보니 서점의 벽을 둘러 가며 서 있는 책꽂이 가운데 가장자리에 있는 책꽂이는 높이와 모양이 조금씩 달랐다. 진열해야 할 책이 늘고 그럴 때마다 책꽂이를 들였을 것이다. 때로는 즐거운 일이 때로는 버거운 일이 있어서 삶이 울퉁불퉁해지듯이 서점의 세월도 그렇게 흘러갔으리라. 어쩐지 애틋해진 기분으로 주인에게 독립 서점에 관심 있는 사람인데 사진을 좀 찍어도 되겠냐고 묻자 무심하게 고개를 끄덕였다.

서점은 저장하는 곳이 아니라 파는 곳이다
_____

짐작대로 그가 바로 서점의 두 번째 주인장인 제이 비디키, 책 짐 풀어 주다가 서점 주인이 된 사람이었다. 인터뷰 요청 메일에 "시간이 얼마나 걸리느냐"는 질문 딱 하나만 하고 흔쾌히 시간을 낸 제이 비는 여러모로 전문 서점 주인에 관한 선입견을 깼다. 첫 번째 선입견은 전문 서점 주인은 그 분야의 열혈 독자로 서점을 동굴 삼은 은둔형 책벌레 비슷하리라는 것이었다. 물론 제이 비는 미스터리와 스릴러의 팬이었지만 그보다 실용적인 자영업자에 가까웠다.

　미스터리 전문 서점을 열게 된 사연을 묻는 내게 "이 서점은 내가 아니라 빌이 만들었죠. 그 사연은 웹사이트에 있어요"라고 답했다. "그냥 길을 가다 일어난 일이었어요. '곧 개점, 시애틀미스터리 북숍'이라는 안내문을 보고 들어갔죠. 도울 일이 있을 것 같았거든요. 빌은 여든여덟 개나 되는 책 상자를 막 받은 참이더군요." 줄 지어 늘어선 상자의 책을 서가에 정리해 주고 대신 서점에서 책으로 교환할 수 있는 적립금을 받았다.

　처음에는 고객으로 나중에는 서점 직원으로 드나들던 서점을 1998년 인수했다. 창립자인 빌은 주말 직원으로 서점에서 일하다 2006년에 노령으로 은퇴했다(빌은 2015년 84세의 나이로 세상을 떠났다). 새로 주인이 된 제이 비는 미스터리 책의 팬이라기보다 미스터리라는 장르가 천성적인 관심사일 뿐이라고 했다. 그래서 책보다 오래된 형사물, 탐정물 같은 텔레비전 시리즈와 영화 등에 더 큰 애착을 느끼는 듯했다. 그는 많은 독자가 그렇게 미스터리를

시애틀미스터리 북숍

Seattle Mystery Bookshop

좋아하기 시작한다고 말했다.

　오랫동안 전문 서점을 하면서 그는 서점이 어떤 역할을 해야 한다고 생각할까? 여기서 두 번째 선입견이 깨졌다. 나는 전문 서점이 열혈 독자의 아지트여야 하지 않을까 여겨 왔다. 더구나 독자의 충성도가 높은 장르 문학이 아닌가. 하지만 그는 전문 서점은 독자와 저자 사이를 연결해 주는 일을 해야 한다고 말했다. "손님들은 서점에 들어왔을 때, 자신이 어떤 책을 좋아할지 알기 어렵습니다. 그래서 서점이 책과 독자 사이에 관계를 만들어 주어야 합니다."

　제이 비는 독자에게 늘 겉표지만 보고 책을 판단하지 말라고 말하지만 정말 독자가 표지만 보고 판단하지 않으려면 길잡이가 필요하다고 생각한다. 서점 주인과 직원은 책의 줄거리뿐 아니라 각 책의 관계도 잘 알아야 한다. 책을 꼭 다 읽지 않았더라도 '그 책'을 좋아한다면 틀림없이 '이 책'도 좋아할 것임을 아는 것은 책을 많이 읽는다고만 길러지는 능력이 아니다.

　"책과 저자 모두를 잘 알아야 해요. 그렇지 않으면 책을 팔 수 없습니다. 책과 독자의 관계만이 아니라 저자와 독자의 관계까지 생각해야 합니다."

제이 비는 바로 이 점이 자신의 서점을 특별하게 만든다고 덧붙였다. 서점이 오래 건재할 수 있었던 이유 역시 그 때문이라고 자신했다. 이곳을 찾는 독자는 이미 미스터리 독자이고, 서점 직원이 가진 미스터리 지식과 결합해서 독자 한 사람을 기반으로 한 관계가 만들어진다는 것이다. 전문 서점은 일반 서점에 비해 그 분야에 대한 관심과 지식이 더 넓고 깊다는 것도 그가 꼽은 전문 서점의 특징이다.

"꼭 미스터리의 팬이 아니라도 상관없어요. 사람은 미스터리에 타고난 흥미가 있거든요. 별로 미스터리를 읽지 않았고 좋아하지 않는다며 말을 걸어오는 손님에게도 그가 본 텔레비전 쇼나 영화, 책, 특정 작가 등에 관해 이야기를 하다 보면 태도가 바뀌어요. 자신이 좋아할 법한 책을 적어도 한 권은 발견하게 되지요. 그게 시작이에요."

그래도 궁금했다. 서점 문을 계속 열기 위해서는 뭔가 다른 것이 필요하지 않을까? 혹시 독자를 더 모으기 위한 전략 같은 게 있는지 물었다. 그는 서점의 창립자 빌 이야기를 꺼냈다. "이 서점을 만든 빌이 취한 전략 외에 다른 전략을 써야 한다고 생각하지 않아요. 빌은 전문 서점이 어떤 '원천'이 되어야 한다고 생각했어요. 독자가 가질 법한 질문에 답해 줄 수 있는 곳이자 절판이 된 책이든 어떤 것이

시애틀미스터리 북숍

Seattle Mystery Bookshop

든 손님이 찾는 것을 찾을 수 있는 곳이요. 그래서 우리 서점은 헌책도 팔아요."

"빌은 서점이 사람들이 함께 어울려 미스터리에 관해 이야기하는 공간이면서 독자와 작가가 만나는 자리여야 한다고 생각했습니다. 그래서 저희 서점은 저자를 초대해 어울리는 행사를 거의 매달 빠짐없이 엽니다." 자연스레 서점에서 운영하거나 서점을 기반으로 활동하는 독서 모임이 궁금해졌다. 궂은 날씨가 잦은 시애틀이니만큼 어쩐지 미스터리를 좋아하는 사람이 많을 것 같았다.

그런데 뜻밖의 답이 돌아왔다. "흠. 한 이십 년 전쯤 독서 모임이 있었죠. 하지만 서점에 크게 도움이 되지 않았어요." 전문 서점에 독서 모임이 보탬이 안 되다니, 언뜻 이해하기 어려웠다. "독서 모임 회원이 원하는 바는 일과가 끝난 밤에 모여서 서로 미스터리에 관해 이야기를 나누는 겁니다. 하지만 서점 직원에게 그건 초과근무를 의미할 뿐이죠. 게다가 책을 사기보다 서로 이야기하는 게 더 중요한 목적이었기 때문에 모임만을 위한 서점 개방은 서점이나 직원에게 부담이었어요."

독서 모임과의 관계는 이십 년 전에 실험으로 끝났고 모임과는 여전히 연락하며 좋은 관계를 유지하고 있지만 다른 독서 모임을 만들거나 지원할 계획 같은 건 없단다. 문득 이 서점의 창립자인 빌이 손님이 왜 북'스토어'book-store가 아니라 북'숍'bookshop이냐고 질문하면 농담처럼 자신은 서점에서 사람이 책을 '사기'shop를 바라지, 그냥 '저장하기'store를 바라지 않는다고 말했다는 일화가 떠올랐다.

세상에는 모든 취향의 책과 모든 종류의 책이 필요하다

하지만 '저장'은 독립 서점의 문제이기도 하고 기회이기도 하다. 책은 다품종 소량 생산의 대표 상품인 만큼 모든 책을 서점에 구비하기란 불가능하다. 자연히 서점의 지향과 선택이 중요하다. 시애틀미스터리 북숍 같은 전문 서점은 일반 서점에 비해 책 선택 기준이 확실한 편이지만 그래도 궁금했다. 제이 비는 뭐 그런 걸 묻느냐는 표정으로 "전문 서점이니까 그런 건 쉽죠. 적어도 다이어트 책이나 새로 나온 요리 책, 연예인 자서전 같은 목록은 생각하지 않아도 되니까요. 그런데 이상하게 의학 스릴러는 잘 안 팔려요."

의학 스릴러는 서점에 없냐고 물었더니 몇 종은 있지만 판매에 큰 도움이 되지는 않는다며 농담처럼 "시애틀은 컴퓨터 관련 사업 종사자나 회사, 투자회사 등이 많지만 정보나 기술 관련 스릴러도 잘 안 팔려요" 한다. 의학과 정보, 기술 모두 전문 지식이 배경으로 필요해서 그런가라고 혼자 짐작해 봤지만 배경지식이 풍부한 컴퓨터 산업 종사자가 관련 미스터리를 읽는다 해도 오프라인 서점보다 직업상 온라인 서점을 더 선호할 것 같긴 하다.

최근 들어 한국과 일본에서 작은 서점이 많이 생겨 그 자체가 사회에 메시지를 전하는 매체가 되기도 한다고 하자 그는 "정말요?" 하고 되물었다. 진심으로 놀란 것 같았다. 그리고 잠깐 말을 끌더니 "저희 서점에 메시지가 있다면 미스터리는 살아 있고 좋은 것이고, 우리를 자극한다는 걸 거예요"라며, 미스터리 사랑은 모든 인간의 기본 성향이며 그 안에 굉장한 다양성 또한 있다는 사실도 알아줬으면 좋겠다고 덧붙였다.

"서점 초창기 때, 이 건물 위층에 '사회복지부'가 있었어요. 복잡하고 다양한 가족 문제를 다루는 곳이죠. 거기서 일하던 여성 몇이 저희 서점에서 책을 사 가고는 했는데, 부드럽고 친절하면서 흥미진진한 미스터리를 원했어요. 일 때문에 삶이 늘 피곤했으니까요. 그들뿐 아니라 서점에서 우리가 모르는 미지의 미스터리를 찾는 사람을 많이 만났어요. 자신이 모르는 세상에서 답을 찾으려는 이들이죠. 자신의 문제를 피하기 위해서가 아니라 답을 찾으려고 미스터리라는 협곡을 탐험하는 거죠. 그게 저희가 하려는 거예요. 세상에는 모든 취향의 책과 모든 종류의 책이 필요합니다."

작은 서점일수록 서점은 주인을 닮는다. 인터뷰 요청에 시간이 얼마나 걸리는지만 묻고 질문지를 세심하게 살피더니 단 삼십 분 만에 인터뷰를 끝낸 제이 비. 그는 독서 모임 회원을 소중히 여기지만 '서점은 책을 파는 곳'이라는 사실을 잊지 않는 실용적 일꾼이다. 잘 팔리는 책과 안 팔리는 책에 관해 잘 알지만 그만큼 다양한 취향과 미지의 책이 존재하는 미스터리의 세계 역시 잘 알아 그의 서점은 작지만 큰 세계를 만들고 있었다.

사진을 찍어도 되겠냐고 하자 서점의 간판이 잘 보이는 곳에 직원인 프랜과 함께 서더니 '실용주의자'답게 한마디 했다. "저희 서점이 제일 처음에 나와야 해요!" 사진을 찍자마자 그는 돌아서서 새로 온 책 꾸러미를 열었다. "오

시애틀미스터리 북숍

Seattle Mystery Bookshop

늘은 겨우 한 권?" 씩씩하게 택배 상자를 버리고 새 책을 가장 잘 보이는 계산대 옆자리에 놓아두었다. (제이 비, 책 첫 자리에 당신 서점 이야기를 넣었어요. 오래도록 그 자리에서 많은 이에게 미지의 미스터리를 많이 팔기를요!)

시애틀미스터리 북숍의 주인장과 직원이다. 오른쪽이 제이 비, 왼쪽이 프랜. 실용주의자답게 서점 이름이 잘 보이는 간판 아래 서서 사진을 찍으며 자기네 서점이 책 제일 처음에 나와야 한다고 했다. 창문 밖으로 경사진 길이 보인다.

Peter Miller
Books

휴대폰 사용 금지 서점?

시애틀 인근은 미국에서 최저 시급이 가장 가파르게 오르고 있다. 도시마다 조금씩 다르기는 하지만 시애틀 도심을 기준으로 2015년 4월, 그 전까지 9달러 47센트였던 시급이 11달러로 올랐고 아홉 달 뒤인 2016년 1월에는 13달러가 되었는데, 2017년 1월에는 15달러까지 인상되었다. 여러 경제학자가 시애틀을 모델로 최저 시급의 급등이 고용 및 가계소득에 미치는 영향을 연구할 정도다.

시급만 높은 게 아니라 일자리 사정도 좋은 편이다. 시애틀을 중심으로 한 워싱턴주는 보잉과 마이크로소프트, 코스트코, 익스피디아 같은 국제적인 기업의 본산이기도 한데 최근에는 아마존이 본사를 이곳으로 옮겨 어마어마한 일자리를 만들어 내고 있다. 2017년 1분기 아마존이

피터밀러 북스
Peter Miller Books

고용한 인원만 해도 8만 명으로, 2017년부터 일 년 반 동안 정규직 일자리 10만 개를 마련하겠다는 야심 찬 발표도 했다.

시급이 높고 일자리가 많으니 미국의 다른 지역뿐 아니라 전 세계 인력을 끌어들인다. 가까운 남미를 비롯해서 인도, 중국, 한국의 정보통신기술IT 인재도 몰려든다. 좋은 점만 있는 것은 아니다. 인구가 늘면서 집값이 폭등하고 도로 사정이 나빠지고 그와 함께 인심이 험해지고 덩달아 범죄율도 오르고 있다. 뉴욕 같은 도시에 비하면 목가적이기까지 했던 시애틀의 과거를 기억하는 사람은 다들 아쉬워하지만 일자리와 인구가 늘면서 기회가 많아지는 것을 환영하는 사람도 적지 않다.

시애틀 도심 한복판에 자리 잡은 피터밀러 북스의 주인장 피터 밀러Peter Miller는 그렇게 변해 가는 시애틀과 세상이 못마땅한 사람이다. 이 지역 독립 서점을 취재하고 있다고 하자 멋진 일이라고 치켜세우더니 이내 요즘 사람을 타박했다. "서재에 갖고 있는 책이 아니라 책과 어떤 관계를 맺고 있는지를 보고 사람을 판단할 수 있어요. 하지만 요즘은 아예 관계 자체가 없죠. 뭐, 전 상관없어요. 그래도 그런 사람들을 보고 싶진 않아요."

그러더니 며칠 전에 서점에 들어와 휴대폰부터 꺼내 책 가격을 비교하던 손님을 흉봤다. 휴대폰을 쓰지 말라고 했더니 쓰든 말든 그건 자기 마음이라고 하기에 "물론 그렇죠. 하지만 여기서 나가 달라고 말하는 건 내 권리라고 해 줬죠"라고 했다나. 그는 자신의 취향대로 책을 골라 놓고, 팔 소품을 고르고, 심지어 손님까지 골라 받는 사람이다. 빨간 네모 안에 자신의 이름만 적어 놓은 서점 간판처럼 그의 서점은 처음부터 끝까지 '피터 밀러'였다.

사전 조사 후 일정을 조율하기 위해 인터뷰 요청을 여러 서점에 한꺼번에 보냈는데 피터 밀러가 가장 먼저 수락하는 답신을 보내왔다. 사전 조사차 방문했을 때 창에 붙어 있던 "휴대폰 사용 금지"라는 단호한 안내문과 사진 촬영은 허용했으면서도 가까이에서 찍는 것은 점잖게 만류했던 기억 때문에 조심스러웠는데 뜻밖이었다. 도심이라 주차가 전쟁일 거라 생각했지만 이른 아침이어선지 서점 바로 앞 길가에 주차를 할 수 있었다.

피터밀러 북스

Peter Miller Books

정말 좋아해야 한다

나를 기다리고 있던 피터 밀러는 멋을 부리기 위해 애
쓰진 않았지만 성의껏 고른 게 분명한 넥타이에 조끼까지
차려입고 있었다. 그것만 봐도 그는 시애틀 사람이 아니
다. 비가 잦은 이곳에서는 대학 교수도 양복을 차려 입지
않는다. 대부분 청바지에 방풍 겸 방수가 되는 웃옷을 걸
친다. 갑작스레 비가 와서 마트에서 우산을 사면 계산원이
놀리듯 말한다. "너 시애틀 사람이 아니구나." 웬만한 비
는 그냥 맞고 다니는 게 시애틀 사람이다.

영국 신사처럼 양복을 입고 늘 우산을 들고 다닐 것 같
은 그가 어쩌다 시애틀에서 서점을 열게 되었을까? "1970
년에 처음 워싱턴주 월링포드로 왔어요. 무척 조용하고 가
난한 동네였죠. 그즈음 보잉이 어려웠을 때라 많은 사람이
실직했어요. 경제적 빈곤과는 다른, 희망이 없는 빈곤이
었어요. 그곳에서 사회 운동의 하나로 서점을 열었습니다.
제빵사, 정육점 주인, 양초 제작자, 그런 사람이 서점에 모
였죠."

그가 운영하는 서점은 지역 주민이 모이는 구심점 역
할을 훌륭히 해냈다. 1970년대 서점은 지역 거점뿐 아니라

출판사의 전진 기지 역할도 했다. 1970년대는 출판사가 독자는 어떤 책을 좋아할지 탐색하는 시기였기 때문이다. 무슨 주제든 책이 되어 나왔다. 그런 점에서 서점은 독자를 직접 만나 뭘 원하는지 알아내는 곳이었다. 하지만 그는 서점을 운영하면서 독자가 원하는 것만 아니라 자신이 읽고 싶은 책과 하고 싶은 일을 찾았다.

"원래 교수가 되려고 하버드에서 문학 석사 학위를 받았어요. 하지만 그래픽 디자인과 건축에 푹 빠졌죠. 그때 접했던 일본 건축 책『일본 집』The Japanese House과 그래픽 디자인 잡지가 아직도 기억나네요. 서점을 운영하려면 모든 책을 갖춰야만 했죠. 고양이에 관한 책이든 요정에 관한 책이든. 전 좋아하지도 않고 신경 쓰고 싶지도 않은 책까지 말예요. 그래서 내가 좋아하는 책만 파는 서점은 어떨까 생각했어요."

파이어니어 광장 부근에 새로 서점을 열었지만 잘 되지 않았다. 계속할 수 있을까 갈등을 하던 중『글로벌아키텍처』GA라는 건축 잡지를 펴내는 일본 출판사가 건축 전문 서점을 열었다는 소식을 들었다. 서점에 관해 고민하던 그는 생각했다. '그 사람이 할 수 있는데, 나라고 왜 못해?' 그리고 묵묵히 앞으로 나아가 지금에 이르렀다. 그가 특별

피터밀러 북스
Peter Miller Books

히 서부에서 이런 꿈을 꾼 것은 서부 사람은 동부 사람이 갖지 못한 디자인 감각을 가졌기 때문이라고 했다.

"제가 아는 친구들이나 많이 배운 친구들도 건축이나 그래픽 디자인에 관해 아무것도 몰랐어요. 알레시(이탈리아 판금기술자로 1921년 주방용품 전문회사 알레시를 설립했다)나 만자로티(건축물, 가구, 조명, 일상용품 등 여러 분야에서 활동한 이탈리아 건축가이자 산업디자이너)를 아는 사람이 없었어요."

피터 밀러는 그 일을 시작했고 이십 년이 넘는 지금까지 계속하고 있다. 여전히 좋아하기 때문이다.

"작은 가게를 한다는 건 결혼과 비슷해요. 결혼하면 배우자와 십 년, 이십 년을 계속 함께 살아야 하는데 배우자를 좋아하지 않으면 어렵죠. 가게도 마찬가지죠. 정말 좋아하지 않으면 매일 가게에 갈 수가 없어요. 좋아해야만 하고 그렇게 믿어야만 하죠."

아마존과 외롭게 싸우는 고집스러운 서점

서점을 열게 된 사연을 묻자 그는 이렇게 답했다. 좋아하지 않는 가게에 매일 가야만 하는 사람에 대해 잠깐 생각해 봤다. 불행할 것 같았다. 하지만 애초에 서점에 둘 책을 한정 짓는 일은 모험이다. 그는 몇 년 전에 '해리 포터'가 신간에 섞여 잘못 배달된 이야기를 했다. 함께 일하는 직원들이 모두 웃으면서 이걸 팔 수 있는지 한번 볼까 하고 상자를 풀었다. 그날 아침, 그 책은 모두 팔렸다.

"그때 그런 생각을 했어요. 그래, 누군가에게는 이 책이 필요하겠지. 하지만 그 책을 팔아야 할 곳은 따로 있어. 나는 아니야. 좋아하는 것만으로는 부족해요. 전 스스로에 대한 긍지와 존중이 필요하다고 봐요."

어쩌면 자신의 소신을 의심할 수도 있는 일이었는데 피터는 이 일로 오히려 자기 결심을 더 굳혔다. 그는 이웃이기도 한 아마존을 향한 증오도 숨김없이 드러냈다. 실제로 서점이 있는 건물 몇 블록 옆에 휘황찬란한 아마존 본사가 있다. 피터는 특히 아마존이 자기가 팔고 있는 것에 존중과 긍지가 없다고 분개했다. 오로지 숫자 놀음만 하는 아마존 때문에 서점을 찾는 이 역시 그렇게 변해 가고 있다고 지적했다.

"서점을 찾아와 새 책을 모두 보여 주세요, 이것도요 저것도요 하며 마구 요구하는 사람들이 있어요. 제가 정성껏 골라 놓은 책을 보고 싶어 하지도 않죠. 그러고는 이곳

피터밀러 북스
Peter Miller Books

저곳의 책값을 비교하고 책을 펼쳐서 책 제목과 저자를 옮겨 적고 다른 곳으로 가 버려요. 자기가 똑똑하다고 생각하겠지만 그건 도둑질이나 마찬가지죠."

피터의 말이 빨라졌다. 보나마나 만나는 사람마다 하고 싶었던 이야기일 게다. 그는 아마존을 그런 변화를 가져온 원흉으로 여기는 듯 보였다. 게다가 아마존은 그의 서점의 실질적인 위협이기도 했다. 아마존 본사에서 피터의 서점이 있는 건물을 직원 숙소로 사들이는 바람에 서점을 옮길 수밖에 없게 되었기 때문이다. 그는 이 이야기를 하면서 이사 갈 곳의 평면도 등을 보여 주었지만 새로운 시작에 관한 기대나 설렘의 어감은 아니었다. 오래 머문 곳에서 모든 것을 옮겨야 하니 번잡함은 둘째 치고 그동안 쌓아 온 무형의 자산은 어찌 될까?

재정 문제가 궁금해 물었더니 우회적인 답변이 돌아왔다. 피터는 주문하지 않고 그냥 레스토랑에 앉아 있겠다고 하는 손님이나 머리 손질을 하지 않을 거면서 그냥 잠깐 앉아서 둘러봐도 되는 미용실을 상상할 수 있냐고 되물었다. 서점은 분명 물건을 파는 상점이지만 문이 열려 있으면 누구나 들어와 둘러볼 수 있는 유일한 곳이다. 그는 자신의 서점에서 목록을 만든 후 인터넷에서 더 싼 책이나 소품을 찾아 주문하는 이들에게 깊이 상처받았다.

화장실을 쓸 수 있냐고 물은 손님이 화장실에 들어가서 십오 분이 넘도록 나오지 않아서 곤란을 겪었던 이야기까지 곁들였다. 거기서 뭘 하느라 그리 오래 걸렸는지 모르겠지만(피터는 마약을 했을 거라고 의심하고 있었다) 자신이 예의를 갖춰 그를 대했는데도 그는 마땅히 보여야 할 존중을 보이지 않았다고 했다. 피터는 세상과 사람들이 인간과 책, 예술에 마땅히 가져야 할 태도를 잃어버렸다고 흥분했다.

"책이 팔리지 않는 건 저희에게 매출이 줄어든다는 의미 이상이에요. 저희 직원과 저는 그런 사람을 만날 때마다 스스로 무가치하다고 느끼죠. 많은 사람이 저희 서점에서 뭔가를 사지 않는 건 그냥 돈이 없어서일 수 있고 자기한테 필요한 책을 찾지 못해서일 수도 있어요. 그래도 전 생각하죠. 내가 책이나 물건을 잘못 골랐나 아니면 때가 아닌가, 많은 이에게 필요한 책을 찾아야 하나 아니면 때를 기다려야 하나? 스스로 계속 물어요. 정말로 손님이 우리 서점에서 아무것도 안 산다면, 이걸 계속해 나갈 수 있을까? 뭔가 결정을 내려야 하는 건 아닐까?"

잠깐 말을 멈춘 그는 '재정 문제'라는 내 질문의 뜻을

피터밀러 북스
Peter Miller Books

다시 되새기는 듯했다. 그러더니 더 단호한 목소리로 말을
이었다.

"진짜 묻고 싶은 질문이 '왜 서점을 계속하나요?'라면
확실히 말할 수 있어요. 저희가 옳기 때문이에요. 그리고
결국은 이길 거라는 걸 알기 때문이죠."

그는 오래전에 아마존 부회장이 왔던 이야기를 꺼
냈다.

"그는 이렇게 말하더군요. '서점이 정말 멋지네요. 이
런 말해서 정말 미안한데 우리 회사의 목표는 이런 서점을
없애는 거예요. 그게 우리가 하려는 것이고 우리의 존재 이
유죠.' 전 이렇게 대답하고 싶었어요. '그런 말을 하다니 정
말 용기 있네요. 그건 당신이 고객이고 남자고 이 근처에서
일하고 여기 들어왔기 때문이겠죠. 아마존 서점을 내고 싶
거든 내 서점 바로 옆에 내세요. 내가 이겨 줄 테니까. 난 당
신보다 더 선하고 똑똑하고 정확하고 감성적이죠. 우리 직
원은 더 충실하고, 내 목표는 더 성취할 만하니까요.' 하지
만 전 그냥 이렇게만 말했어요. '슬프네요. 전 당신이 여기
에 다시는 오지 않았으면 해요.' 그러자 그가 말하더군요.
'전 여길 좋아하는데, 저한테 미안해해야 하는 거 아닌가
요?' 그래서 제가 말했죠. '그렇다면 더 유감이군요.' 그가

이전하기 전의 서점 외관. 빨간 네모에 자신의 이름만 새겨 넣은 것처럼 이 서점은 피터 밀러에 의한 서점이다.

서점 안쪽에서 입구 쪽을 바라본 모습. 노출 콘크리트 벽면과 숫자만 커다랗게 쓰여 있는 달력이 잘 어울리고, 세로로 긴 창으로 보이는 가로수가 마치 액자에 담긴 그림 같다. 진열대의 간격이 일정하고 끝이 자로 잰 듯 딱 맞는다. 내게 아름답지 않은 것은 단 하나도 이곳에 두고 싶지 않다는 피터 밀러의 단호한 의지가 느껴진다.

피터밀러 북스
Peter Miller Books

무슨 뜻이냐고 되물었죠. '당신의 아내나 아이는 여기 올 수 없겠죠. 그게 바로 당신이 하려는 거니까. 그렇다고 당신에게 이런 일을 하라 마라 할 수는 없어요. 그러니 당신 하고 싶은 대로 해요.' 그 후 그를 다시 만날 기회는 없었어요. 물론 좋은 사람이었을 거예요. 그에게 그렇게 한 게 좀 미안하긴 했지만 제가 뭘 할 수 있겠어요?"

아마존은 이제 하나의 기업 이상이 되었다. 아마존은 거의 모든 산업에 막대한 영향을 미쳐서 미국 증권시장에서는 아마존이 어느 분야에 진출하려 한다는 소문이 돌기만 해도 당장 관련 기업의 주가가 폭락한다. 피터의 서점은 그런 곳을 상대해야 한다. 피터가 몽상가이기만 한 건 아니다. 그는 서점은 분명 수익성을 추구해야 할 사업이라며 사업이 아닌 척 하는 건 기만이라고 말했다. 그게 그가 매일 넥타이를 매는 이유다.

곧 사라질 참신함이 아닌 본질이 중요하다

침울한 이야기를 계속해야 하는 게 싫었던지 피터는 자신의 관심사와 열정을 쏟을 수 있는 분야의 전문 서점을 운영하면서 누리는 행복을 이야기했다.

"좋은 건축가들 덕분에 행복해요. 혹시 피터 볼린이라고 아나요? 뉴욕에 있는 애플 스토어를 디자인한 사람인데, 저희 가게 고객이었어요. 어느 날 저희 서점에 와서 그가 '상점 디자인에 관한 모든 책을 보여 주세요'라고 말하더군요. 전 '당신이 디자인할 상점이 어떤 건데요?'라고 물었죠. 컴퓨터 파는 곳이라고 하더군요. '그렇지만 유일무이한 곳이 되어야 해요.' 그러고는 저희 서점에 있는 알토 스툴과 조명을 놓을 거라고 하더군요. 그게 뉴욕 소호에 있는 세계 최초의 애플 스토어가 되었어요."

긍지가 느껴졌다. 자신이 서점을 위해 고른 조명과 의자와 책이 누군가에게 영감이 되고 실제 인테리어로 구현되어 찬사와 주목을 받는 것에 관해서 말이다. 세련된 서점의 내외부와 정기적으로 유럽을 방문해 직접 골라 사 온 값비싼 소품은 그의 자존심이었다. 깔끔한 피터의 취향 때문에 거리감이 들긴 했지만 피터를 만나고서야 알았다. 그는 자신이 좋아할 수 없는 사람을 애초에 자기 세계에 들여놓지도 않지만 자신과 비슷한 사람에게는 한없이 너그러운 사람임을.

고집불통 피터는 자기 취향에 확고하다. 그래픽, 건축

피터밀러 북스
Peter Miller Books

전문 서점이라는 소개를 듣고 찾아온 사람은 건축에 관한 모든 것을 기대하지만 피터 밀러는 그럴 생각이 없다.

"건축 전문 서점이라는 말을 듣고 찾아온 사람은 훈데르트바서 같은 건축가의 책을 찾곤 합니다. 서점에 책이 없다는 걸 알면 놀라죠. 그 책이 있는 게 당연하다는 듯 '왜 없어요, 건축 전문 서점이라면서?'라고 묻는데, 제 답은 간단해요. 그는 제 취향이 아니에요."

그가 좋아하는 것은 일본이나 북유럽의 정갈하고 단순한 디자인이다. 서점 판매대에는 일본 무인양품의 아트 디렉터로 널리 알려진 하라 겐야의 책이 거의 다 있다. 바닥에서 천장까지 꽉 채운 책꽂이는 어긋난 사다리처럼 역동적이지만 서점 내부와 잘 어울리면서 귀가 딱 맞게 정돈되어 있다.

"많은 사람이 첫눈에 띄는 참신함을 본질로 착각하죠. 그러나 잠깐 눈길을 끈 참신함이 사라지면 곧 본질이 드러나요. 저에겐 본질이 훨씬 중요합니다."

그가 사랑하는 예술가와 디자인이 어떤 것인지 알 것 같았다. 또한 서점과 책은 물론이고 자신의 삶을 통해 무엇을 추구하고 싶은지도 짐작할 수 있었다. 작은 독립 서점을 운영하는 데는 늘 딜레마가 따른다. 한정된 공간 안에 어떤 책을 들여놓고 말지를 결정하는 것은 서점의 정체성 문제이자 서점의 생존과도 직결되어 있다. 취향이 분명한 독립서점이 어떤 이에게는 환대이자 결속이며 어떤 이에게는 환기이고 발견이겠지만 또 다른 어떤 이에게는 배제고 거부다. 피터 밀러는 이런 딜레마에 일찌감치 단호한 입장을 정한 셈이다.

한 시간이면 넉넉할 줄 알고 한 시간 주차료를 지불해놓은 길가의 차가 걱정되었다. 내가 안절부절못하고 있는지도 모르고 자기 이야기를 길게 하는 피터를 보자 괜히 안쓰러웠다. 작은 가게 안을 자신의 취향으로 가득 채워 놓고 자기 자신에 대한 존중과 긍지를 연료 삼아 아마존의 위협에도 아랑곳 않고 앞으로 나아가고 있는 피터밀러 북스가 새로 이사 가는 그곳에서도 여전히 고집불통이길 바란다.

피터밀러 북스
Peter Miller Books

작은 독립 서점에 어엿한 자리를 차지한 책은 수천만 종의 책 속에서 각 서점의 취향과 철학에 따라 정성껏 골라진 것이다. 베스트셀러도 물론 있지만 그보다는 주인의 고집이 더 잘 드러나서 다른 서점에서는 일부러 찾지 않으면 보기 어려운 책이 매대 한가운데를 차지하곤 한다.

그런 책들을 살펴보고 서점에서 사진을 찍는다, 인터뷰를 한다 부산을 떨어 놓고 책 한 권 사지 않고 그냥 나오는 것은 파렴치한 짓이다 싶어 서점에 들를 때마다 책을 한 권씩 샀는데, 더러는 서점 주인의 '강력 추천'을 받아 샀다. 어떤 책은 한국에도 번역되었고 어떤 책은 미국 내에서도 찾기 힘든 독립 출판물이었다.

『서점에서 점심을』Lunch at the shop

자기 취향 확실한 고집불통 서점 주인 피터 밀러는 작가이기도 하다. 특히 서점에서 불을 쓰지 않고 샐러드나 샌드위치를 만들어 사람들과 함께한 이야기를 담은 『서점에서 점심을』은 실용적인 요리책이면서 라이프스타일 철학책이다. 그는 도시인의 점심이 패스트푸드 식당에서 때우는 식인 것이 늘 못마땅했다. "어느 날, 싱싱한 재료를 파는 시애틀 최대 시장 파이크 플레이스 마켓이 바로 옆에 있다는 걸 깨달았죠. 못 해 먹을 이유가 없었어요."

피터 밀러는 그의 취향대로 군더더기 없이 깔끔한

© DOMO

요리 사진과 함께 요리법을 소개한다. 신선한 재료를
그대로 활용한 한 끼 식사는 맛있을 뿐 아니라 풍요로워
보인다. 누구나 알 법한 간단한 요리법이지만 읽는 동안
영감을 불러일으키는 신기한 책이다. 인터뷰하기 위해
방문했을 때, 그는 두 번째 책 『아스파라거스를 요리하는
다섯 가지 방법』Five Ways to Cook Asparagus의 출간을 앞두고
있었다. 이번엔 저녁 식사에 관한 책이었고, 불을 약간
쓴다고 했다.

　　내가 갔을 때 신작의 교정지를 보여 주었는데,
첫 문장이 이렇게 시작되었다. "이 책은 저녁 식사
만들기에 관한 책이다." 『서점에서 점심을』에서는 "어떤
요리는 자신이 좋아하는 재료를 쓰고, 어떤 요리는 남은
재료를 활용한다. 그게 바로 점심이다"라고 썼다. 그가
얼마나 하고픈 말이 많은 사람인지 잘 알기에 이 문장만을
남기기까지 삼킨 말이 얼마나 많을까 싶어서 슬며시
웃음이 났다.

『포에모션 3』Poemotion 3

전문 서점이라는 이름에 걸맞게 피터밀러 북스는
그래픽이나 미술 관련 책자가 다양하다. 정말 그쪽
전문가나 관심이 많은 사람이라면 하루 종일 뒤적거려도
심심하지 않을 것이다. 나는 특별히 미술이나 건축에
식견이 있거나 취향이 없는 사람이라 서점 한가운데
있는 주방용품과 학용품 등을 구경했다. 한국어로
번역된 하라 겐야 책을 보고 반가운 마음도 들었지만
내 눈을 사로잡은 것은 다카히로 구라시마의 포에모션
시리즈였다. 나쁜 아니라 미술의 'ㅁ'도 모르는 사람이라도
단박에 반할 신비로운 책이다.

단순한 무늬가 반복적으로 그려진 광학투영기OHP
필름을 역시 단순한 무늬가 그려진 각 페이지 위에
올려놓고 이리저리 움직이면 기하학적인 문양이 시시각각
나타난다. 이 책의 아마존 서평을 찾아보면 한결같이
"mesmerize"라는 단어가 등장하는데, 이 말은 원래 뜻인
"매혹하다"를 넘어 "최면술에 걸리다"처럼 마법 같은
것에 이끌려 사로잡힌다는 의미가 강하다. 이 책을 경험해
보면 이 말의 뜻을 누구나 알게 될 것이다.

Phinney Books

퀴즈쇼 우승 상금으로 서점을 만들다

피니 북스의 대표인 톰 니슬리Tom Nissley를 인터뷰하기로 한 날은 하필 미국의 마흔다섯 번째 대통령 도널드 트럼프가 취임하던 날이었다. 서점 문 여는 시간이 오전 열시인데 인터뷰는 그보다 한 시간 전에 시작했다. 약속 시간에 딱 맞춰 도착한 톰의 안내에 따라 서점 안쪽에 있는 안락의자에 자리를 잡았다.

톰은 집에서 오랫동안 쓰던 걸 여기 가져다 놨다며 애정 어린 손길로 낡은 안락의자를 가볍게 쓸었다. 인터뷰를 시작하기 전 톰이 손목시계를 들여다보더니 "육 분 전에 우리는 새 대통령을 맞았다"며 침통한 표정을 지었다. 당시 한국에서도 현직 대통령 탄핵안이 국회에서 가결된 상태였기에 말은 안 했지만, 그리고 사실 복잡한 사정과 감

Phinney Books

정을 영어로 다 표현할 수 없었기 때문이기도 했지만 서로 동병상련의 이심전심을 나눴다.

피니 북스가 있는 지역은 그린 호수에서 한 블록 정도 떨어져 있다. 워싱턴주 차 번호판에 그려져 있을 정도로 상징적인 만년설을 인 레이니어산과 나무가 울창하고 바다에 인접해 있는 시애틀은 호수가 많기로도 유명하지만 그린 호수는 이 지역 주민이 각별히 사랑하는 곳이다. 전에 잠시 시애틀 주민으로 살 때는 나도 근처에 갈 때마다 일부러 들러 운동 삼아 호수 주변을 걷곤 했다.

날씨가 화창하면 강아지를 데리고 산책하는 사람이나 가볍게 조깅하는 사람, 전력 질주를 하는 사람, 자전거를 타거나 스케이트보드를 타는 사람이 언제나 많았다. 미국은 어느 곳이든 커다란 쇼핑몰이나 시내 도심이 아니면 사람 구경하기 힘들지만 이곳만큼은 언제나 사람으로 북적였다. 사연깨나 있을 것 같은 오래된 집도 옹기종기 많은 동네라 호수가 아닌 근처 동네를 걸어 다녀도 아기자기한 재미가 있다.

피니 북스 주변에는 시애틀의 건물마다 길모퉁이마다 무슨 상징처럼 깃들어 있는 스타벅스가 하나도 없었다. 대신 자체적으로 로스팅을 하는 지역 커피집이 있었다. 비

통한 표정의 톰처럼 주변 가게에도 트럼프를 반대한다는 정치 견해를 밝힌 피켓을 걸어 둔 데가 많았다. 대선이 끝나고 이 동네의 술집과 카페에서 어떤 일이 벌어졌을지 알 것만 같았다.

서점의 주인인 톰의 이력은 특이하다. 오랫동안 아마존 편집부에서 일했는데, 유명 텔레비전 퀴즈쇼인『제퍼디쇼』Jeopardy!에 출연해 무려 일곱 차례나 우승하면서 아는 사람들 사이에서는 이미 '유명 인사'였다. 그가 쇼에 출연할 때마다 시애틀 사람이 모두 한마음으로 그를 응원했다. 그런 그가 아마존을 그만두고 독립 서점을 열었다는 소식은 지역에서도 큰 뉴스로 다뤄졌다. 크리스마스 직전, 사전 취재차 들렀다가 책 선물을 포장해 주시는 할머니께 서점 사진을 찍어도 되냐고 여쭸더니 다짜고짜 톰과 사진을 찍겠냐고 하시는 것으로 미루어 톰이 그런 요청을 자주 받고 있음을 알 수 있었다.

아마존 편집부 직원의 독립 서점 창업. 의미를 부여하자고 들면 이 짧은 명사형 문장 하나만으로도 길고 긴 이야기를 할 수 있겠지만 접어 두자. 톰이나 피니 북스가 보여 준 소박한 진심을 전하는 데 이 내용은 별로 도움이 되지 않는다. 환대하는 분위기 그리고 그런 지역 안에 자기 존

Phinney Books

재만큼 파고들어 사부작사부작 주민과 함께 살아가는 피니 북스는 모든 경우에 수줍지만 책 이야기를 할 때만큼은 신이 나서 말이 많아지는 톰과 한 몸처럼 닮았다.

평범하지만 평범하지 않은

사전 취재를 갔을 때 한국에서 왔다고 하자 톰은 당장 맨부커 인터내셔널상을 수상한 한강의 『채식주의자』이야기를 꺼냈다. 영문학을 전공한 문학박사다웠다. 짧은 영어로 최선을 다해 작가 한강의 책에 관해 답했다. 최근에 나온 한강의 『소년이 온다』역시 번역이 되었으며, 한국 현대사의 비극적 사건인 광주민중항쟁을 배경으로 열다섯 살 소년 유령이 화자로 등장하는 아주 슬프지만 아름다운 이야기라고 설명했다. 머리 한쪽을 기울인 채 내 말을 듣던 톰은 번역된 책의 제목을 가르쳐 달라고 했다.

영어로 번역된 제목이 생각나지 않아 나중에 다시 알려 주겠다고 했는데, 톰은 내가 인터뷰 요청 메일을 보냈을 때 답장을 보내면서 잊지 않고 책의 제목을 다시 물었다. 예의상 해 본 말이겠거니 넘겨짚은 내 예상이 빗나갔다. 당장 답신으로 『소년이 온다』의 영어판 제목을 보내고 인터뷰 약속을 잡았다. 인터뷰 당일, 채 자리에 앉기도 전에 문학 부문의 주목할 만한 책을 진열해 둔 곳으로 나를 데려가 그곳에 놓인 영문판 『소년이 온다』Human Acts를 보여 주었다. 우리 문학을 알렸다는 사실에 괜히 으쓱해졌는데 그는 그저 수줍게 웃었다. 나를 존중하는 마음과 함께 문학에 관한 애정이 느껴졌다.

첫 질문은 서점 이름의 유래였다. 이름을 불러 줘야 의미가 된다는 김춘수의 시처럼 이름은 언제나 중요한 것이니까. 더구나 자신이 운영하려고 마음먹은 가게, 게다가 서점이니 자신의 지향과 이상과 하여간 온갖 의미를 담았으려니 예상한 질문이었지만 답은 싱거웠다. '피니'는 그냥 동네 이름이란다. 그러니까 '피니 북스'는 그냥 '가리봉동 서점'이나 '미아리 책방' 뭐 그런 정도의 의미인 셈이다.

"평범한 이름도 괜찮다는 생각이 들었죠."

서점 창업의 계기는 그를 유명인이자 부자로 만들어 준 『제퍼디쇼』 우승이었다. 2010년 『제퍼디쇼』에서 일곱 번이나 우승해 상금 23만 5,400달러를 받은 후, 십 년 동안 일한 아마존을 그만두고 책을 펴내고 서점을 열었다. 이 대목에서 책을 쓰고 서점을 여는 것은 거의 로또 수준의 거금

Phinney Books

이 생겨야만 마음먹을 수 있는 어마어마한 일이구나 하는 별스러운 현실감이 들었다.

"전 조건이 좋은 편이었지요. 어쨌든 십 년 이상 큰 기업에서 일했고, 퀴즈쇼 상금도 있었으니까요. 제가 인수한 산토로스 북스Santoro's Books를 비롯해서 많은 서점이 재정적 어려움을 겪는다는 사실을 잘 알고 있어요. 매달 출판사에 지급할 대금이나 월세를 걱정해야 했고 서점에 책을 넉넉히 사 둘 수도 없었죠. 저는 은행에 약간 돈이 있으니까 완충제가 있는 셈입니다. 많은 돈은 아니지만 매달 걱정할 정도는 아니니까요. 그런 걱정이 없다 보니 책도 여유 있게 사다 놓을 수 있고 좋은 결정을 내릴 수도 있어요. 아주 큰 이점이죠. 어떤 사람은 큰돈을 대출받아서 서점을 여는데 그러면 돈을 벌어서 바로바로 빚을 갚아야 하죠. 저라면 그렇게는 서점을 못 할 것 같아요. 그렇게 용감한 사람은 아니거든요."

물론 피니 북스가 뜻밖의 큰돈이 생겨서 이런 거 한번 하면 어떨까 해서 탄생하지는 않았다. 그에게 책과 서점은 영혼의 거처여서 그는 여행지에서도 맛있는 식당이나 유명 관광지보다 그곳의 가장 멋진 서점이 어디인지부터 알고 싶어 했다. 서점 주인이 되기 전부터 시애틀 독립 서점

가운데 가장 규모가 큰 엘리엇베이 북컴퍼니The Elliott Bay Book Company와 2009년에 문을 닫은 캐피톨힐의 독립 서점 베일리코이 북스Bailey Coy Books의 단골이었다. 세계에서 제일 큰 서점의 직원이었으면서 말이다.

지금의 서점은 그에게 운명처럼 찾아왔다. 2013년 11월, 첫 책『매일의 독서』A Reader's Book of Days를 펴내고 2014년 1월, 전미서점협회American Booksellers' Association(A-BA)에서 여는 겨울 강좌에 참석했다가 캐시Cathy Fiebach를 만났다. 캐시는 펜실베이니아에서 메인포인트 북스Main Point Books라는 독립 서점을 운영하고 있었는데, 둘은 시애틀 엘리엇베이 북컴퍼니에서 열린 행사에 참여했다가 늦게까지 '서점'을 주제로 이야기를 나누게 되었다.

"캐시가 떠나고 집에 돌아와 아내에게 서점을 하면 정말 좋을 것 같다고 얘기했죠. 하지만 그땐 그런 일이 일어날 거라곤 짐작도 못했어요. 그런데 다음 날 아침 누군가 제게 그린우드의 산토로스 북스가 매물로 나왔다는 메일을 보내 줬어요. 우주가 속삭이는 게 아니라면 이게 뭐겠어요?"

산토로스 북스는 그의 집에서 겨우 여덟 블록 떨어진 곳에 있어서 서점을 하든 안 하든 일단 보러 가야 하지 않

Phinney Books

을까 싶었다. 서점을 해 볼까 생각할수록 톰은 점점 더 서점에 매혹되었다. 그보다 더 완벽한 상황은 없을 것 같았다. 2015년 초봄, 드디어 그는 서점 주인이 되었다. 한 번도 해 본 적 없는 일이었기에 산토로스 북스에서 또 엘리엇 베이 북컴퍼니에서 서점 일이 어떻게 돌아가는지 보고 배웠다.

톰은 부가 상품 판매 계획도 세웠다. 아내 로라Laura Silverstein가 운영하는 '글리터스위트'에서 만드는 가방과 다른 종이 제품을 더했다. 하지만 가장 중점을 둔 것은 자신이 특별하게 읽은 책을 더 많은 사람과 만나게 하는 일이었다. 아닌 게 아니라 피니 북스에서 가장 눈에 띈 것은 전면 유리창을 꽉 채운 직원 이름을 단 추천 도서다. 서점 직원들의 취향이 반영된 목록은 서점마다 비슷한 베스트셀러 목록과 달리 그곳에서 일하는 사람의 면면을 느끼게 했다.

대체 불가능한 나만의 것으로
공동체를 만들어 가는 서점

———————————

톰이 많은 이를 서점으로 모으기 위해 가장 중점을 둔
전략은 소식지다.

"저희 직원이 읽고 좋았던 책을 추천하는 온라인 소
식지를 전자우편을 통해 정기적으로 발송해요. 매주 추천
도서를 세 권 정도 선정하고 서점 소식이나 세상 소식 같
은 걸 써요. 최대한 짧게 유지하면서도 많은 내용을 전달
하려고 하죠. 받고 있는 여러 사람이 실제로 읽는 것 같아
요. 모든 사람이 이런저런 홍보성 전자우편을 수천 통씩 받
겠지만 저희 서점에 오는 사람은 저희 소식지에 실린 얘기
를 언급하거든요. 일주일에 한 번씩 퀴즈도 진행해요. 책
표지에서 아무 곳이나 정사각형 모양으로 잘라 보여 주고
책 제목을 맞히도록 하죠. 여러 사람이 즐거워하는 것 같더
라고요. 그렇게 저희만의 공동체를 만들어 나가는 게 재밌
어요."

톰은 자신이 읽은 책을 매력적으로 소개하는 작업을
아마존에서 직접 해 왔고 무엇보다 자신이 좋아하는 신간
을 누군가에게 소개하는 일을 가장 좋아한다. 원래 성격은

Phinney Books

길 건너에서 바라본 피니 북스. 화려하지도 감각적이지도 않은 평범한 외관이다. 톰이 인수하기 전에도 서점이었기 때문에 동네 사람에게는 익숙한 장소다. 퀸앤 북컴퍼니도 그렇고, 에이다스테크니컬 북스도 그렇고, 주인이 바뀌더라도 서점이었던 자리가 계속 서점인 것은 중요하다.

피니 북스의 점원들이 엄선한 신간이 진열된 자리. 미처 사진을 찍지 못했는데, 내게 한강의 『소년이 온다』 영역판의 제목을 물은 톰이 그 책을 주문해 진열해 놓은 곳도 이곳이었다. 단골손님이라면 이곳을 자주 살펴보면서 새로 나온 수많은 책 중에 이 서점 직원들이 골라서 손님에게 권하는 책이 어떤 것인지 알 수 있다.

수줍음이 많고 낯을 가리지만 자신이 좋아하는 책 이야기를 할 때만큼은 굉장한 수다쟁이가 된다며 웃었다. 특히 무엇인가를 망각과 무가치로 밀어 넣는 잔인한 세월에서 살아남은 고전을 사람들에게 알리는 일에 열성이다. 자신이 쓴 책이 그 결실이기도 하고.

"얼마나 재밌는지 몰라요. 독자나 책 판매업자로서 여러 사람에게 새 책이 아닌 책을 새롭게 보게 하는 일이요."

상대적으로 다른 오프라인 서점이 사람을 모으기 위해 하는 저자 초대 행사나 지역민을 모으는 작은 행사 같은 것은 활발하지 않은 편이다. 협소한 장소 탓이기도 하지만 그런 식의 행사로 이목을 끄는 것은 너무 경쟁적이고 소모적이라고 판단한다. 출판사와 접촉해 저자를 불러오려면 소장 도서 오천 권에 서점이 꽉 차는 삼십 평 남짓한 피니 북스보다 매출 규모와 공간이 훨씬 큰 엘리엇베이 북컴퍼니가 더 낫지 않겠냐는 생각이다.

톰은 아마존이 잘할 수 있는 일과 지역과 규모에 따라 독립 서점이 잘 할 수 있는 일이 따로 있다고 생각한다. 그런 이유로 서점이 일반적으로 할 수 있는 일보다 독특하고 관습적이지 않은 일을 하려 한다. 특히 이웃 사업체와 연계해서 할 수 있는 일에 관심이 많다. 마주하고 있는 거리에

Phinney Books

위치한 블루버드 아이스크림, 카페 비타, 코누토 피자, 일곱 블록 떨어진 곳에 있는 비영리 학습 센터 등을 눈여겨보고 있다.

"매일 밤 이벤트를 여는 것보다 그냥 이 지역 사람이 자발적으로 소소하게 모이는 곳으로 충분하다고 생각해요. 대선 결과 때문에 다들 충격에 빠져 있을 때 깨달았어요. 다음 날 가게에 나오면서 서점 분위기가 어떨까 걱정했어요. 워낙 큰 사건이고 실망이 커서 사람들이 책을 읽고 싶어 할까 했거든요. 그런데 그 주에 손님이 꽤 많이 왔어요. 어떤 이는 책을 사러, 어떤 이는 그냥 누구에게든 얘기를 하러 온 거죠. 서점은 책을 다루는 곳이고 책을 읽는 사람은 사유하는 사람이자 이야기를 나누고 싶은 사람이라는 가정이 깔려 있기 때문에 저희 서점 같은 장소에 들어와 그냥 있고 싶어 했어요."

공동체가 있으면 구성원이 만나서 이야기할 장소가 필요하다. 그 장소로 서점만 한 곳은 없다. 톰은 서점을 항상 좋아했지만 거기에서 일하는 사람과 적극적으로 이야기를 나눠 본 적은 없었단다. 대학원생이었을 때 매일 드나들던 베일리코이에서도, 아마존 직원으로 시애틀 도심의 엘리엇베이에 다닐 때도 새 책으로 어떤 게 나왔나 무엇

을 살까 하는 생각만 하며 주변 사람과 눈도 안 마주쳤다고
한다.

하지만 직접 말을 걸지 않아도 책은 어느새 주변 사람
과 관계를 맺어 주었다. 자신이 고른 책을 먼저 읽은 서점
직원과 예기치 않은 수다를 떨게 되고 같은 책을 집어 들려
는 손님과 손이 맞부딪쳐 서로 민망한 웃음을 짓다가 나중
에 서로 사려는 책의 목록을 나누는 친구가 되기도 했다.
아마 그의 서점도 그런 방식으로 운영될 것이다. 낯가리는
손님이 책으로 친구가 되고 딱히 책을 사려는 생각도 없이
들렀다가 뜻밖의 책을 들고 집에 돌아가거나 하면서.

꼭 그걸 따진 건 아니지만 비교적 여유 있는 이 지역
주민의 경제 사정은 서점의 존립 기반이기도 하다. 부동
산 업체에 따르면 이 지역 평균 집값이 58만 9,000달러로
2016년 한 해 동안 13퍼센트나 올랐다고 한다. 모르긴 해
도 이들은 아마존 프라임 고객일 것이고 이들이 동네 서점
에 기대하는 바는 아마존이 제공해 줄 수 없는 것일 터이
다. 문을 연 첫날, 서가를 가득 채운 책을 몽땅 비워 준 이웃
의 관심을 지속시키려고 노력하겠지만 아직 확실한 것은
없다.

"제가 첫 직장인 아마존에서 배운 한 가지는 '아마존

Phinney Books

피니 북스   **81**

을 따라 하려 하지 말 것'입니다. 아마존은 자기가 할 수 있는 일을 아주 잘 해냅니다. 저희가 해야 하는 건 아마존이 할 수 없는 것, 이를테면 저희 서점 손님 하나하나를 더 잘 아는 것, 손님이 저희 서가에서 주의 깊게 본 책이 무엇인지 기억하는 것입니다. 독자가 찾는 책이 무엇인지 한 발 앞서 알아내고 독자가 간절히 원하지만 결코 읽어 본 적이 없는, 최고의 책을 찾아 주는 겁니다."

톰은 최고의 책 큐레이터다. 아마존의 오랜 경험과 문학박사 학위로 얻은 학습 결과다. 아무에게도 방해받고 싶지 않은 수줍은 책벌레 손님에게는 그 손님에게 맞춰, 읽으면 행복해지는 책이나 아이에게 좋을 책을 찾는 사람에게는 또 그에 맞게 책을 고른다. 톰은 그것이 아마존이 오랜 시간과 최신 기술을 이용해 자동화한 프로그램 대신 사람만이, 톰과 직원들만이 할 수 있는 일이라고 믿는다. 아마존 알고리즘이 알려 주는 '이 책을 산 사람이 산 책'은 틀림없이 해당 독자의 구미를 당기겠지만 어떤 특정한 날 독자의 기분을 그 알고리즘이 어찌 알겠는가? 그런 날 피니 북스는 그 독자에게 뜻밖의 책을 건네줄 수 있다.

"저는 세상 모든 책을 소장한 아마존에서 일했지만 독립 서점은 대체 불가능한 공간이었어요. 그곳으로 들어가 잘 선별된 서가를 둘러보고 서점 주인장과 이야기를 나누는 것만으로 저는 제가 좋아할 만한 뜻밖의 책을 만나곤 했습니다. 저도 저희 서점을 찾는 이에게 그런 일을 해 주고 싶어요."

톰은 아마존에서 가장 좋았던 기억으로 아마존 초창기 지역 사무소의 요청으로 창고에서 세상으로 나갈 책을 직접 포장했던 일을 꼽았다. 자신의 서점에서 톰은 그런 단순한 시간으로 돌아가려 한다. 서가 앞에 선 그의 사진을 찍은 후 서점을 나왔다. 차를 주차해 둔 곳까지 걸어갔다가 아침 일찍 서두르느라 몽롱했던 나는 느릿느릿 피니 북스 건너편 카페 비타로 갔다. 서점 개점을 십오 분쯤 남겨 둔 톰도 거기 있었다. 우린 어느새 수줍은 애서가로 돌아가 각자의 커피를 들고 미소 띤 눈만 맞췄다.

Phinney Books

『당신의 것』What belongs to you

톰이 권한 책은 소설 『당신의 것』이다. 올해의
책 추천을 부탁하자 그는 주저 없이 미국 소설가 가스
그린웰의 이 책을 꼽았다. 자료를 살펴보니 가스 그린웰은
첫 중편소설 「미코」Mitko로 마이애미대학 출판부
중편소설상을 받은 후, 여러 문학상의 최종심 후보로
오르는 등 단박에 인정을 받았다.

이 책은 2016 전미도서상 소설 부문 후보를 비롯,
펜/포크너상 결선 등 여러 문학상 후보에 올랐을 뿐
아니라 수많은 매체에 올해의 소설로 꼽혔다. 불가리아에
사는 젊은 미국 게이 남성이 '미코'라는 불가리아 남성과
만남과 헤어짐을 반복하는 미묘한 관계가 책의 핵심이다.
톰은 줄거리보다 이들의 관계와 이들을 둘러싼 사회
문화 배경, 이들의 심리를 묘사한 문장의 아름다움을
독서 포인트로 강조했다. "읽은 지 얼마 안 된 책이라
이보다 더 좋아할 만한 책이 나타날지 기다리는 중이지만
아직까지는 이 책이 최고예요."

이 책이 받은 찬사를 보고 한국에도 진작
번역되었으려니 했지만 그렇지 않았다. 책을 추천한 톰도
그렇고 책을 읽은 많은 이의 평 역시 한결같이 '문장의

아름다움'을 언급하고, 전문가 평도 울프나 제발트, 프루스트 등의 계보를 잇는다고 하는 걸 보아 대중성에 발목이 잡혀 아직 소개되지 못한 것 같다. 소재나 작가의 성 정체성도 이 책이 한국에 아직 번역되지 못한 이유일까 싶지만 아니면 좋겠다.

Ada's Technical Books

공학 전문 서점을 향한 호기심에서 시작하다

인터뷰하기 위해 방문한 서점 어디서나 그 사람의 이름을 들었다. 한국에서 온 편집자인데 시애틀 독립 서점을 취재하고 있다, 인터뷰를 할 수 있겠냐고 물으면 대부분이 어디어디를 돌아봤냐고 물었다. 자신이 알고 있는 멋진 서점을 소개해 주거나 자신의 서점이 어떤 서점과 함께 소개될지 알고 싶어 했다. 내가 돌아본 곳과 인터뷰한 사람의 이름을 대면, 에이다스테크니컬 북스의 대니엘Danielle Hulton을 만나 보았냐고 정말 사랑스러운 사람이라고 아직 만나지 않았다면 꼭 만나 보라고 권했다.

물론 에이다스테크니컬 북스는 사전 조사 때부터 독보적으로 눈길을 끈 서점이다. 대부분의 서점과 서점 주인이 인문학 혹은 문학에 치우쳐 있어 '기술·공학 전문' 서점

Ada's Technical Books

에이다스테크니컬 북스

이 눈길을 끌 수밖에 없었다. 문외한이 상상하는 기술·공학 전공자는 자기 관심사에만 빠져 컴퓨터 앞이나 실험실에 틀어박힌 사회성 제로의 사람이기 때문에 그런 사람이 드나드는 서점이 어떤 모습일지 상상하기 어려웠다.

하지만 다시 생각해 보면 서점에 드나드는 사람도 보통 사람이 상상하는 공학 전공자와 별반 다를 바 없는 모습일 것 같다. 창백한 얼굴, 두꺼운 뿔테 안경, 책 외에 세상사나 다른 사람에게 별로 관심이 없는 모습, 책에 관한 이야기가 아니라면 말문이 잘 열리지 않는 수줍은 사람. 이런 생각을 하고 보니 공학 전공자와 책벌레 사이의 공통점을 일찌감치 눈치챈 이 센스 있는 사람은 누굴까 궁금해졌다.

사전 조사차 서점에 갔을 때는 좀 이른 아침이었다. 시간 때문이었을까 연말이기 때문이었을까 거리는 조용했지만, 붐비는 시간이 아닌 데도 주차 공간이 부족했다. 구도심다웠다. 차로 다니기보다 걷기 좋은 길이었다. 주차 공간을 찾아 서점을 지나쳐 주택가까지 가자 오래된 집과 커다란 나무가 길을 따라 서 있었다. 주택가에 차를 대고 서점까지 천천히 걸었다. 차로 목적지 앞까지 가는 미국 생활에서 못 누렸던 것이라 모처럼 상쾌했다.

에이다스 북스가 위치한 캐피톨힐은 현대식 건물을

찾기 힘든 구도심이지만 대학생을 비롯해 젊은 사람이 상대적으로 많은 곳이다. 근처에 대학이 있고 가까운 도심에는 젊은이가 많은 직장이 산재해 있다. 하지만 가게는 작고 소박했다. 손님의 이목을 끌기 위한 요란한 상호나 인테리어는 눈에 띄지 않았다. 대형 체인 마트조차 납작한 원래 건물을 훼손하지 않은 채 동네와 어우러져 있었다.

검은색과 흰색이 조화로운 에이다스 북스는 지표면에서 다섯 계단 정도 올라간다. 계단 옆으로 난간을 두른 테라스 같은 것을 만들어 길가 쪽으로 바 테이블을 만들고 의자를 몇 개 두었다. 볕이 좋은 날이면 서점에서 구입한 책을 들고 나가다가 잠깐 앉아 들춰 보면 좋을 것 같다. 길가지만 테이블 자리는 계단 높이만큼 올라와 있어서 길거리에 나앉은 느낌이 덜할 것이고 단 차이를 이용해 홍보용 포스터나 알림판을 세워 놓은 것은 영리해 보였다.

서점에 들어서면 정면으로 긴 복도 같은 길을 두고 양편이 서점과 카페로 나뉜다. 간단한 음식이나 음료를 시킬 수 있는 카페는 노트북 컴퓨터를 펴면 탁자가 꽉 차고 두 명 이상이 앉으면 무릎을 맞대야 할 만큼 작지만 효율적이다. 서점 공간은 벽을 두른 책장을 활용해 책을 꽂고, 책을 펼쳐 전시할 만한 자리는 각종 과학 키트로 채웠다. 책

Ada's Technical Books

에이다스테크니컬 북스

전시는 카페와 서점을 구분하려고 세운 몇 개의 벽을 활용했다.

복도처럼 난 길을 따라가면 독립된 작은 공간이 나오는데, 공간 한가운데 커다란 탁자와 의자가 있어 독서 모임을 위한 장소임을 알 수 있었다. 하지만 사방 벽에 좁은 탁자를 두르고 의자를 둔 것은 벽을 마주한 채 혼자서 조용히 책을 읽거나 공강 시간 등에 숙제를 하려는 학생을 위한 것 같았다. 서점과 카페 공간이 환하고 사람이 왁자한 것에 비해 그곳은 빛의 밝기도 덜했고 사진 찍는 소리를 내기조차 민망할 정도로 조용했다. 몇몇이 벽에 붙은 탁자 앞에 앉거나 가운데 탁자에 앉아 저마다의 책에 파묻혀 있었다. 벽에 붙은 책꽂이에는 프로그래밍 언어 등 훨씬 전문적인 책이 꽂혀 있었다.

기술·공학 공동체와 긴밀한 연결을 꿈꾸며

잠깐 둘러본 것만으로도 크지 않은 전체 공간을 적절히 안배하고 쓰임새나 방문객의 필요를 고려했다는 느낌을 받았다. 무엇보다 책을 파는 곳이라기보다 과학을 좋아하는 사람이 모이는 곳이자 과학을 파는 곳으로 느껴져 인상적이었다. 이런 공간을 가꾼 이는 누굴까? 모든 독립 서점인이 입을 모아 칭찬하는 대니엘은 어떤 사람일까? 더 궁금해졌다. 전자우편을 보냈더니 흔쾌한 답이 돌아왔다.

대니엘을 만나러 왔다고 하자 카페 쪽 계산대 직원이 누군가에게 연락했다. 밝은 분위기에 체구가 아담한 여성이 안쪽 사무실에서 나왔다. 미리 보낸 질문지를 뽑아 손에 든 채였다. 카페 쪽에 단 하나 남은 작은 테이블에 앉았는데, 가까이에서 보니 테이블은 유리로 덮여 있었고 나침반이나 용도를 알 수 없는 특수한 자 같은 것이 놓여 작은 전시장처럼 보였다. 기술·공학 전문 서점이라는 정체성을 보여 주면서 장식적으로도 훌륭했다.

예상했던 대로 대니엘은 공학도 출신이었다. 대학에서 전기공학과 컴퓨터과학을 전공하고 사 년 동안 컴퓨터 관련 업체에서 일했다. 일을 무척 좋아했지만 기술·공학도 공동체와 좀 더 긴밀하게 일하고 싶다는 바람을 품게 됐다.

"매일 일하러 갔다가 다시 집에 오는 단순한 생활을 하면서 제가 아는 것 너머를 더 많이 더 넓게 알고 싶어졌어요. 남편은 아직 업계에서 일하고 있어서 제가 가진 인맥

Ada's Technical Books

에이다스테크니컬 북스

을 비롯해 남편이 아는 사람을 통해서도 그쪽 일을 하는 이들이 정말로 원하는 게 무엇인지 알아볼 수 있었습니다."

대다수의 사람이 과학 전공자의 전형을 사교적이지 못하고 내향적이며 외곬이라고 믿는다는 사실에 대니엘도 동의했다. 하지만 그런 사람일수록 자신이 머물고 싶은 곳이나 좋아하는 것에 더 민감하다고 덧붙였다. 대니엘은 서점을 만듦으로써 자신이 머물고 싶은 곳을 직접 창조했다. 여전히 기술·공학 공동체의 일원으로 업계에서 일하는 남편과 함께 컨퍼런스에 참석하면서 자신의 공동체가 무엇을 원하는지 계속 살피고 있다.

"서점 이름은 네, 의도적이에요. 최초의 여성 프로그래머 에이다 러브레이스에서 따왔죠. 1800년대 후반에 활동한 수학자이기도 한 에이다는 제게 영감을 주는 존재예요. 그 시대에 여자가 과학과 수학을 공부했다는 것만도 감탄의 대상이 되죠. 그렇지만 요즘 여성은 단호하게 말해요. '놀랄 거 없어요. 여자가 오랫동안 해 온 일이에요.' 오늘날에도 에이다라는 존재는 과학과 기술 영역의 사람이 모두 백인 남자는 아니라는 아주 좋은 예죠. 역사적으로 의미 있는 인물일 뿐만 아니라 저 개인에게도 흥미롭고 계속 호기심을 끄는 인물이에요."

서점 이름부터 사람 이름에서 가져온 에이다스 북스가 집중하는 것은 사람, 과학에 관심이 있는 사람이다. 책은 그들을 불러 모으는 매개이고 서점은 그들이 모이는 장소다. 서점을 사전 방문했을 때 놀란 것은 이벤트 알림판을 가득 채운 다양한 독서 모임 공지였다. 과학소설은 물론이고 과학 논픽션, 각종 실용 기술서적 독서 모임도 있고, 과학소설 속 사실이나 가설 등이 과학적으로 맞는지를 검증해 보는 독서 모임까지 있었다. 과학 문외한인 나도 한번 참여해 보고 싶었다.

"처음엔 한 개로 시작했죠. '21세기 과학소설 북클럽'이라는 모임인데, 저희가 서점을 연 직후부터 시작했습니다. 그때는 여기가 아니라 카페나 실험실 같은 장소가 딸리지 않은 아주 작은 곳이었어요. 거기서 전 금전등록기 뒤에서 하루 종일 일했죠."

시작은 대니엘이 여성이 쓴 과학소설 목록을 발견하고부터였다. 그냥 페이스북에 그 목록을 올려 더 많은 사람에게 알리고 함께 나누고 싶었을 뿐이었다.

"진짜 멋지다고 생각했거든요. 그런데 단골손님 중에 한 분이 그러더군요. 이거 진짜 멋지다고. 이 목록에 있는 책을 읽은 사람을 실제로 만나고 싶다고요. 어쩜 난 그 생

Ada's Technical Books

에이다스테크니컬 북스

95

각을 못했지 하고 무릎을 쳤죠. 그렇게 시작된 거였어요. 여성이 쓴 과학소설 읽기가 첫 독서 모임이 됐고 그 모임은 여전히 제가 이끌고 있습니다. 벌써 육 년이나 되었네요."

물론 좀 바뀌긴 했다. 성소수자나 장애인 등 소수자, 유색인 작가 등을 더 포함시키려고 노력하고 있는데 여전히 매년 책 절반 이상은 여성 작가가 쓴 과학소설로 채우고 있다. 다음 독서 모임은 과학 논픽션에 빠져 있는 에이다스 북스의 매니저가 만들었다. 처음엔 과학 논픽션만 읽었지만 요즘은 과학소설을 같이 읽는다. 같은 주제의 과학소설과 그 소설의 바탕이 된 과학 사실이 담긴 책 두 권을 나란히 읽는 것이다. 이 독서 모임도 최초의 독서 모임 버금가는 인기를 누리며 오 년을 이어 오고 있다.

"그 이후로 저희 직원들이 자신이 좋아하는 분야의 독서 모임을 적극적으로 만들기 시작했어요. 한 친구는 '고전과 과학소설'이라는 독서 모임을 만들었어요. 지금은 여기서 일하지 않는데도 독서 모임만큼은 계속 이끌고 있습니다. 정말 그런 책을 좋아하고 또 함께 읽고자 하는 사람이 있기 때문이죠. 그래픽노블 독서 모임도 있어요. 이것도 저희 직원이 이끌고 있지만 형식은 좀 다릅니다. 매달 독서 모임을 주재하는 직원이 달라지고 각자 자기가 읽고 싶은 책을 추천합니다. 한 사람이 계속 독서 모임 책을 정할 경우 아무래도 취향이나 종류가 한정되는데 이렇게 하니 보완이 돼서 더 많은 사람이 만족하더라고요."

이 서점의 단골손님이 만든 '컴퓨터과학 북클럽', '사용자경험 북클럽'도 있다. 이런 주제의 독서 모임을 꾸리고 싶다고 제안해서 만들어졌는데 현재까지 아주 성공적이다. 대니엘은 서점 직원과 손님이 주도적으로 자신의 관심사를 다양한 독서 모임으로 이어가는 것을 아주 중요하게 생각한다. 소설과 논픽션, 프로그래밍 실용서, 고전까지 이 모든 것이 조화를 이루어 다양한 사람이 모이되 서점이 구심점이 되어야 한다고 믿는다.

"이 서점을 통해 제가 추구하고자 하는 게 그거예요. 서점은 서로 다른 관심과 욕망을 가진 공동체 구성원이 모이는 장소여야 하지만 동시에 문화적인 장소여야 합니다. 독서 모임은 사람을 모이게 만드는 확실하고 강력한 원동력이죠. 그 외에도 저희는 매달 특별한 행사를 엽니다. 다음 주에 열릴 행사 주제를 '기후 변화'로 정했어요. 저희는 이 주제로 강의할 사람을 구하고 장소를 제공하죠. 이런 주제에 관심을 갖고 있는 학생을 비롯해서 과학기술 관계자가 모일 수 있도록요."

Ada's Technical Books

에이다스테크니컬 북스

에이다스테크니컬 북스 입구는 다섯 계단 정도 올라가게 되어 있다. 한쪽에 바 카운터와 의자 몇 개를 둔 테라스를 만들어 볕 좋은 날에는 서점에서 산 책을 뒤적이며 시간을 보낼 수도 있다. 이 서점이 문을 연 지는 얼마 되지 않았지만 이 자리, 이 건물에 서점이 자리한 지는 이미 백 년이 넘었다고 한다.

입구에서 들어서면 왼쪽은 카페, 오른쪽은 서점이다. 오른쪽 서점 공간은 책을 더 많이 진열하려는 노력보다 '과학'의 분위기를 느낄 수 있도록 꾸며졌고, 안쪽으로 이어진 복도 끝에는 소규모 독서 모임을 하거나 조용히 집중할 수 있는 방이 있다.

서점에서 열리는 행사를 알리는 입간판. 과학 커뮤니티를 중심으로 강연이나 소규모 모임을 적극적으로 기획하고 전문가를 초대한다. 서점 주인 대니엘은 이를 위해 정보기술은 물론 다양한 과학 컨퍼런스에 참여해 과학계의 주요 이슈를 놓치지 않고 따라가려 한다. 과학과 관련이 없더라도 사람들이 흥미 있어할 만한 작은 이벤트도 꾸준히 연다. 카페를 겸하고 있어, 어떻게 하면 집에서 더 맛있게 커피를 만들 수 있을지 알려 주기도 한다.

앤티크 과학 소품을 담고 유리로 덮어 작은 전시장 같은 테이블. 맨 아래쪽에 직사각형 구멍이 있는 자는 로그값을 계산할 수 있는 자로 당시에는 엄청나게 획기적인 발명품이었다고 한다.

에이다스테크니컬 북스는 책보다 과학이라는 분위기 자체를 판다. 책을 놓아두어야 할 공간에 과감하게 전자 전기 키트나 과학적 사고방식을 키워 주는 장난감 등을 진열했다. 호기심이 많은 어린아이라면 마음을 빼앗길 수밖에 없다.

직원들의 추천서를 진열해 놓은 곳. 카페와 서점을 가르는 역할을 하는 벽이자 전시 서가 역할을 하는 곳에 직원들의 추천나 북클럽 선정 도서 등을 꽂아 사람들에게 한번 읽어 보라고 권한다.

Ada's Technical Books

에이다스테크니컬 북스

물리적 공간으로서의 서점에 주목하다

최근 한국에서 특색 있는 작은 서점을 여는 것이 젊은 층에서 인기를 끌고 있다고 말하자 대니엘은 미국도 비슷한 상황이라고 말한다. 서점뿐 아니라 음반가게도 마찬가지라는데, 인터넷 세대라고 부를 수 있는 젊은 층에서 인기가 높단다. 사실 이들 업계와 이런 상품의 유통을 급격하게 바꾼 게 바로 인터넷이니 좀 역설적이기는 하다. 대니엘은 인터넷 세대가 이런 가게를 운영하면서 많은 것을 바꾸리라고 기대한다.

"이제까지의 사업 모델로는 어렵죠. 저는 새로운 세대가 다른 방법을 찾고 있는 중이라고 생각해요. 방법을 찾고 있는 지금은 좀 힘든 시기죠. 그래서 실패하는 거고요. 책을 팔아 얼마나 수익을 얻을까 고민하면서 사업 모델에 관해서도 재고해 봐야 합니다. 반스앤드노블이 시도하는 서점과 식당의 결합은 사람을 모이게 한다는 점에서 괜찮은 도전이죠. 우선 가고 싶은 장소로 만드는 창의적 아이디어가 필요합니다."

에이다스 북스의 경우도 카페를 겸해서 얻는 이점이 많다. 대니엘은 재정적으로도 도움이 되지만 지역민을 끌어들이는 장소로도 제 역할을 한다고 말한다.

"사람이 친구나 아는 사람과 음식을 먹으러 올 때는 굉장히 착해지거든요. 카페는 서점 운영에 확실히 도움이 돼요. 단지 재정적으로만 도움이 되는 게 아니죠. 비슷한 일을 하고 관심사가 같은 사람을 모으는 건 공동체를 위해 중요해요. 시애틀은 과학기술과 친밀한 도시죠. 아마존이나 마이크로소프트도 있고요. 제가 얘기한 몇몇 독서 모임이나 이벤트는 그런 사람을 모이게 하고 그게 수익이랑 연결돼요. 처음 서점을 시작했을 때, 가장 중점을 뒀던 건 과학기술 공동체를 만들어 내는 거였어요. 더 중요한 점은 누구나 접근할 수 있어야 한다였죠. 과학기술은 보통 사람에게는 먼 주제처럼 느껴지는데 책이나 서점이 중심이 되면 훨씬 쉬워져요."

그래서 대니엘에게 서점에 더 다양한 책을 많이 비치하는 것은 상대적으로 덜 중요한 일이다. 공간을 나눠 카페로 쓰고 남은 서점 공간 역시 수많은 과학 키트에 자리를 내준 이유다. 그에게 책은 과학기술 공동체를 묶는 역할을 하는 접착제일 뿐이다. 에이다스 북스의 책은 독서 모임이나 행사 등을 통한 '제안' 정도의 역할을 한다.

"보시다시피 저희 서점의 책은 과학기술이라는 주제

Ada's Technical Books

에이다스테크니컬 북스

에 좀 더 밀접합니다. 하지만 경제 경영서도 있고, 과학기술을 바탕으로 한 스타트업 비즈니스에 관한 책도 있습니다. 제가 말하는 '과학기술'이라는 주제는 굉장히 느슨하고 어떤 측면에서는 정의가 아주 넓습니다."

대니엘은『봉크』Bonk의 저자인 메리 로치를 좋아한다면서 메리 로치가 책을 쓰는 방식이 자신이 과학에 관해 생각하는 바나 태도와 통한다고 이야기했다.

"여기엔 어떤 책이 있냐고 물으면, 저는 메리 로치 이야기를 해요. 메리 로치는 주제도 과학적이고 접근 방식도 그런데 누구나 그 내용을 이해할 수 있어요. '여기 있는 책이 바로 그런 거예요!' 전 이렇게 이야기하곤 합니다."

강연을 비롯해서 흥미로운 주제를 여러 사람에게 제안하는 것을 에이다스 북스는 가장 중요하게 생각했다. 그래서 대니엘은 대중성보다 전문성에 더 중점을 준다. 에이다스 북스에는 카페 직원을 포함해서 꽤 많은 직원이 있다. 아침 여덟 시부터 저녁 아홉 시까지 독립 서점치고 긴 영업시간 때문이기도 하겠다. 사전 조사를 할 때 직원 모두의 얼굴과 그들이 맡은 역할을 하나하나 소개한 웹사이트가 굉장히 인상적이었다(사실 놀라움의 핵심은 독립 서점이 이렇게 많은 사람에게 급료를 지불할 수 있다는 점이었다).

　　모든 일을 관장하는 총괄 매니저를 비롯해서, 카페 매니저, 주방 매니저, 판매 매니저, 이벤트 매니저까지 서점에서 이루어지는 각 부문의 일을 책임지고 이끌 사람이 정해져 있다. 이것은 서점이 많은 일을 시도하겠다는 의지이면서 이미 많은 일을 하고 있다는 증거다. 대니엘은 전문가가 자신이 맡은 비즈니스 부문을 강력하게 만드는 방식이 정말 좋다고 말한다.

　　"전 직원에게 이렇게 해라 저렇게 해라 말하지 않아요. 저희 직원은 자신이 일을 해 온 영역에서 쌓은 경험으로 여러 사람을 돕고 있습니다. 2010년 이곳이 처음 문을 열었을 때 논쟁이 있기도 했어요. 너무 전문적인 거 아니냐고 누구나 그렇게까지 과학기술을 좋아하지 않는다고 말이죠. 하지만 전 이게 바로 우리 사회가 가는 방향이라고 말했죠. 과학기술은 이제 모든 사람의 삶의 일부죠. 선진국이든 개발이 덜 된 국가든 이제 누구나 휴대폰을 사용합니다. 과학은 더 이상 소수 전문가의 전유물도 미스터리도 아니죠. 대학에 가야만 배울 수 있는 것도 아니고요. 과학은 우리 행성과 사회와 삶의 일부예요. 바로 그게 제가 이 서점으로 하려는 거예요."

Ada's Technical Books

에이다스테크니컬 북스

카페는 그 유인책이다. 그냥 친한 사람과 좋은 음식, 맛있는 커피를 먹으러 여기 자주 드나들다 보면 과학기술의 필요성과 중요성을 느끼게 되리라고 대니엘은 믿는다. 가까이에 서점이 있어야 하는 이유는 여러 사람이 부담 없이 자주 들르다 보면 어느 순간, '어, 나 저 책 읽고 싶은데' 하게 된다는 것이다. 더 많은 사람이 부담 없이 서점에 들어올 수 있어야 하고 그런 공간이 사람들 가까이에 있는 게 중요하다.

독자를 직접 만나는 공간인 서점과 저자, 출판사 등이 협업하는 것도 중요하다. 출판사는 자신이 만드는 책이 누구에게 읽히고 사랑을 받는지 알아야 한다. 저자 역시 실제 독자와 교류함으로써 영감을 얻을 수 있다. 그러나 기술·공학 전문 서점이라는 독특한 정체성을 갖고도 에이다스 북스는 초기에 출판사의 이목을 끄는 데 어려움을 겪었다. 그래도 남편과 함께 과학기술업계에 있었던 경험은 큰 도움이 되었다.

"처음엔 제가 다 해야 했어요. 아는 인맥을 총동원해 재미있는 이벤트를 기획했어요. 그냥 뭐든 재미있는 걸 하자 그럴 작정이었어요. 그러자 저자가 먼저 연락해 오기 시작했어요. '저기, 전 파이톤에 관해 쓴 사람인데 일반 서점에서는 프로그래밍 언어 저자에게는 관심이 없더라고요. 과학기술 전문 서점이라면 제가 한번 가도 될까요?' 이런 식이죠. 이젠 이벤트 매니저도 있고 과학기술과 관련된 논쟁적인 책을 골라서 저자를 초대하기도 해요. 저자 에이전트나 출판사 쪽에서 먼저 연락해 오기도 합니다. 최근 일이죠."

아직은 저자가 직접 연락해 오는 일이 더 많다. 저자가 에이전트나 출판사를 거치지 않고 직접 출판하는 새로운 경향 때문이기도 한 것 같다고 대니엘은 덧붙였다. 출판 업계 전반의 흥미로운 변화로 생각한다면서 일본이나 한국도 비슷한 경향이 있지 않은지 되물었다. 저자나 출판사에게서 쉽게 관심을 끌 수 있는 것은 전문 서점이 누릴 수 있는 이점이 아니냐고 했더니 대니엘도 동의했다.

"맞아요. 전 독자를 만나는 것도 저자를 만나는 것도 정말 좋아해요. 일반 서점에서는 과학기술 저자를 부르지 않아요. 그 저자는 대부분 소수 독자가 관심을 갖는 주제에 관해 책을 쓰니까요. 그래서 그들은 공적으로 자기 독자 앞에서 이야기할 수 있는 기회에 흥분하죠. 그런 기회를 주는 것이 바로 제가 가장 좋아하는 일입니다."

대니엘과 이야기를 나누면서 왜 시애틀에 있는 많은

Ada's Technical Books

에이다스테크니컬 북스

독립 서점 주인이 한목소리로 대니엘을 꼭 만나야 한다고 말했는지 알았다. 지역의 독립 서점을 유지하기 위해, 이상적인 역할을 위해 갖춰야 할 덕목과 철학을 모두 가지고 있는 사람이었다. 책보다 사람을 좋아하고, 전문 서점의 큐레이션을 주도할 만큼 전문성을 가지고 있으면서도 전문 인력을 적절하게 배분해 일을 맡기는 리더십도 갖췄다.

사업 감각도 뛰어나다. 카페를 운영하면서 책과 더불어 과학기술 관련 키트로 서점을 채운 것은 단지 서점이 책을 파는 곳일 뿐 아니라 '과학기술'이라는 주제 자체를 여러 사람에게 알리는 역할을 해야 한다는 사실을 명심한 결과다. 무엇보다 대니엘은 서점이 '물리적 공간'이라는 점을 잊지 않는다. 교육이 이루어지고 관심사가 같은 사람이 모여서 무엇이든 할 수 있는 '곳'이라는 사실. 온라인 서점과의 유일하고도 가장 큰 차이점 말이다.

때로는 과학기술의 최신 이슈를 알리는 교육 공간, 때로는 같은 책을 읽고 왁자지껄 떠드는 독서 모임 장소, 때로는 맛있는 음식을 먹으며 함께 수다를 떠는 카페, 때로는 저자와 독자가 만나는 사교의 장으로 무한 변신하지만 그 한가운데 책이라는 매개가 놓여 있다. 게다가 이 장소를 드나들고 여기서 만나고 이 공간을 향유하는 것이 멋진 일이라는 기분이 들게 만든다는 점은 여러 서점 가운데서도 독보적이다.

에이다스 북스는 공간을 활용한 사업도 하고 있다. 서점 옆 별채를 사무실로 임대해, 스타트업을 꿈꾸는 사람부터 일회적인 세미나를 열고 싶은 사람 누구나 이곳을 이용할 수 있게 했다. 비슷한 관심사를 가진 사람이 책상을 맞대고 모여 앉는 것만으로 이 공간의 존재 가치는 빛난다. 누가 알겠는가. 이 서점에서 과학 키트를 샀던 꼬마가 이곳 사무실을 차고 삼아 미래의 애플이나 구글을 만들어 낼지. 이곳에서 그런 야심 찬 꿈이 자라나길 응원한다.

Ada's Technical Books

에이다스테크니컬 북스

『논리 오류 19』An Illustrated Book of Bad Arguments

대니엘에게 서점의 베스트셀러를 물었더니 특정 책보다 어떤 종류의 책이 인기가 많은지에 관해 먼저 이야기해야 할 것 같다고 했다.

"전문 서점이지만 가장 인기 있는 책 세 권을 보면 모두 접근하기 쉬운 책이에요. 주제는 과학과 기술이어도 잡지처럼 커피 테이블에서 읽을 수 있는 책들입니다. 가장 많이 팔린 책은『논리 오류 19』인데, 재치 있는 삽화가 가득하죠. 저는 이 책이 어려운 이야기를 이해하기 쉽게

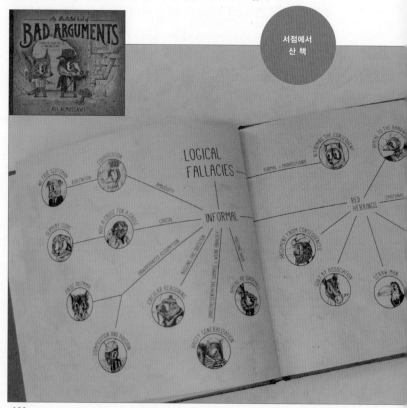

서점에서
산 책

설명했다고 생각해요."

두 번째로 인기 있는 책『랜들 먼로의 친절한
과학 그림책』도 비슷한데, 좀 더 오래된 책이라고 한다.
세 번째로 인기 있는 책은 조녀선 트위트가 쓴『할머니
물고기』Grandmother Fish로 진화를 설명한 어린이 책이다.

"두 살 된 제 아들이 정말 좋아해요. 처음에
이 책을 사 줬을 때는 지루해할 줄 알았는데, 정말
재미있어하더라고요. 그리고 제가 2016년에 가장
좋아한 책은, 매일매일 바뀌긴 하는데요, 지금까지
나이지리아계 작가 네디 오코라포의
『라군』Lagoon입니다."

나이지리아 라고스를 배경으로 약간의 판타지가
결합된 과학소설이고 외계인이 오는 이야기라는 것
정도만 파악했다. 대니엘은『라군』을 강력히 추천했지만
읽을 자신이 없어서 쉬워 보이는 이 서점 베스트셀러인
『논리 오류 19』를 골랐다.

이 책은 한국에 '그림으로 배우는'이라는 부제가
붙어『논리 오류 19』(돈키호테)로 출간되었는데, 원서의
그림책 판형과 달리 보통 신국판이라 부르는 판형이다.
미국에서는 2013년 출간 후 줄곧 베스트셀러 자리를
지키고 있지만 한국에서는 그다지 인기를 끌지 못했다.

© DOMO

Queen Anne
Book Company

동네 서점은 어떠해야 하나

퀸앤 북컴퍼니에 가기 전에 사연을 읽고 서점이 한 마을에 어떤 존재여야 할까 하는 생각을 많이 했다. 퀸앤 북컴퍼니의 이름에서 '퀸앤'은 지역 이름으로, 이곳은 2012년 10월에 단 하나 있던 동네 서점이 문을 닫자, 동네에 책방이 없다니 있을 수 없는 일이라며 이 지역에 오래 살아온 세 사람이 합심해 이듬해 3월에 문 닫은 서점이 있던 바로 그 자리에 연 서점이기 때문이다. 그렇게 탄생했으니 분명히 동네 사람의 사랑도 듬뿍 받고 있겠지.

일본의 동네 서점에 관한 책을 읽으며 지진으로 피해를 입은 지역의 동네 서점에 책이 동나 이웃 지역에서 급히 책을 구해 왔다는 글을 읽은 적이 있다. 지진 피해로 집을 잃고 불안할 때 책이 위로가 되었다는 훈훈한 이야기였는

퀸앤 북컴퍼니
Queen Anne Book Company

데 전기를 쉽게 조달할 수 있는 상황이었다면 책보다 스마트폰이나 텔레비전이 더 큰 위로가 되지 않았을까 생각하기도 했다.

하지만 갑작스레 닥친 위기와 불안을 잊게 하는 용도였다면 역시 책이 나았겠지. 계속해서 새로운 뉴스거리를 찾아 송신하는 스마트폰이나 텔레비전은 도리어 자신이 겪는 불행에 관해 연신 떠들어 댔을지 모를 테니까. 대피소 흐린 불빛 아래서 지금 상황과 아무 상관 없는 아름답고 슬픈 사랑 이야기나 오래된 역사 이야기 또는 자신이 겪고 있는 현실이 하찮아 보일 정도의 무시무시한 사건을 다룬 책을 조용히 읽고 있는 모습을 떠올렸다.

내게 동네 서점은 학교 간 아이 대신 엄마가 문제집과 참고서를 사는 곳이었다. 봄가을 학기 초만 되면 면적의 반이 각 학년별, 출판사별, 과목별 문제집과 참고서로 뒤덮이는 동네 서점에서는 베스트셀러가 아닌 일반 단행본을 찾기 어려웠다. 원하는 책을 주문하고 다시 방문해야 하는 번거로움 때문에 동네 서점과는 점점 멀어졌다. 원하는 것을 얻으면 그만이어서 머무는 시간이 짧을수록 좋았다. 과연 동네 서점은 어떠해야 할까?

처음 서점에 방문했을 때, 서점 앞에서 개 한 마리와

마주쳤다. 익숙한 듯 무료한 얼굴로 하품을 하고 있던 개는 서점에 들어간 주인을 기다리는 것이리라. 평일 낮인데도 크리스마스 시즌이어선지 손님이 적지 않았다. 이곳저곳 사진을 찍는 나를 보더니 백인 여자 한 명이 다가왔다. 사진 찍기를 만류하려는 건가 움츠러들었는데 자기소개를 하며 인사했다. 이 서점의 주인인 재니스Janis Segress였다.

재니스는 내 소개를 하자 반가워하며 서점 구석구석을 안내해 주었다. 역시 내가 어떤 서점을 둘러보았는지 궁금해했다. 인터뷰하거나 돌아본 서점 이야기를 해 주었더니 지난해 '독립 서점의 날'에 만들었던 이 지역 독립 서점 지도를 꺼내 보여 주었다. 행사에 참가한 서점만을 표시했는데도 모두 열아홉 군데나 되었다. 그는 나뿐 아니라 서점을 찾은 손님 하나하나에게 친근하게 말을 걸었다. 독립 서점은 주인을 닮으니 이곳은 다정한 서점이다.

마을의 다른 소상공인과 적극 연대하다

며칠 후 본격적인 인터뷰 약속을 잡았다. 재니스는 이 서점의 공동 소유주인 크라인Krijn de Jonge과 주디Judy de

퀸앤 북컴퍼니

Queen Anne Book Company

Jonge까지 대동하고 나를 맞았다. 인터뷰 장소인 사무실은 오밀조밀 잘 꾸며진 서점과 달리 재고와 막 배달된 책으로 어수선했다. 네 사람이 한꺼번에 앉아야 하니 의자를 들인다, 의자가 책상 사이의 좁은 틈을 지날 수 있느냐 없느냐 묻느라 작은 소란이 일었다. 그런저런 조율 끝에 자리에 앉자 분위기는 금방 온화해졌다.

이 서점의 공동 소유주인 세 사람은 오랫동안 이 지역에서 살아온 토박이라고 했다. 줄곧 자기 서점을 꿈꾸었던 재니스는 다른 서점에서 점원으로 일한 경험도 있다. 우연히 비슷한 성향의 사람을 만나 서점을 열게 되었는데 여러 사람이 서점에서 서로 만나고 지적으로나 사회적으로 성장하도록 도와주는 지역사회의 거점, 지역사회에 활기를 주는 장소로 만들고 싶다는 마음이 서로 통했다.

여성 둘 사이에 낀 크라인이 자기네 서점을 어떻게 알게 되었냐고 먼저 물었다. 인터넷에서 찾았다고 했더니 "시애틀에 독립 서점이 꽤 많죠?"라며 자랑스러워했다. 당일 아침에 피니 북스도 인터뷰했다고 말했더니 "얼마 전에 새로 생긴 그 서점이요?" 하고 되물었다. 이 지역 독립 서점에 관한 지대한 관심과 애정이 느껴졌다. 에이다스테크니컬 북스, 시애틀미스터리 북숍 등 돌아본 서점을 이야기하자 좋은 곳이죠, 역사가 긴 곳이죠 등 간단한 평을 곁들여 주었다.

"주디, 저 재니스, 크라인 이렇게 셋이 이 서점의 공동 소유주입니다."

소설가 김중혁과 서평가 금정연이 한국의 독립 서점을 방문하고 인터뷰한 책을 한 권 보여 주자 흥미를 보였다. 사진을 넘겨 보며 먼저 보낸 질문지에 서점 주인이 젊어지고 있다는 이야기를 보았는데 평균 연령이 어떻게 되는지 궁금해했다. 나이를 묻지는 않았지만 셋 다 적어도 오십 대 이상으로 보였으니 자본을 모을 수 있는 시간이 상대적으로 적은 젊은 사람이 서점을 여는 일을 특별하게 느끼는 것 같았다.

"우리 전에 퀸앤 북스라는 서점이 있었어요. 그런데 재정 문제로 어느 날 문을 닫았어요. 문을 닫은 기간은 넉 달 정도였지만 옆에 있는 커피숍에서 커피를 마시고 있으면 문 닫은 서점 근처에 슬픈 얼굴을 한 사람이 많이 보였어요. 특히 어린아이들이요."

동네 서점을 부활시키겠다고 마음먹으면서 같은 이름을 지어 마을 사람의 상실감을 덜어 주고 싶었는데 같은 이름을 쓰는 데는 법적인 문제가 있어서 지명 퀸앤에 '북컴

퀸앤 북컴퍼니

Queen Anne Book Company

퍼니'라는 이름을 붙이게 되었다. 이름이 다르더라도 최대한 지역사회와 연결점이 있고 주민에게 익숙한 명칭이었으면 해서다. 이전 서점이 재정 문제로 결국 문을 닫았기 때문에 세 사람은 지역의 소상인과 연대하는 문제에 적극적이다.

퀸앤 북컴퍼니가 있는 거리는 특색 있는 지역 상점이 늘어선 상업 지구다. 퀸앤 북컴퍼니 옆으로는 개성 있는 인테리어 소품을 파는 가게와 지역 커피 전문점이 있다. 이들 모두가 지역 상권을 활성화하기 위해 1971년부터 운영되어 온 '퀸앤 상공회의소'를 중심으로 여러 활동을 벌인다.

"상공회의소가 이 지역 소상인 전체와 함께하는 행사는 일 년에 세 번쯤 있습니다. 제일 큰 행사는 '사이드워크 세일'Sidewalk Sales이라고 7월 중에 열립니다. 그때는 상점이 대대적으로 세일을 하고 상품 및 예술품을 전시하고 가족과 아이 대상의 행사를 벌여요. 모든 상점이 참여하지는 않지만 그래도 꽤 많은 상점이 참여합니다. 규모가 큰 상점이 참여를 많이 안 하는 것 같아요. 서점끼리는 서로의 회원에게 할인 혜택을 주어 지원하기도 하고요."

퀸앤 북컴퍼니가 자리 잡은 거리에는 오래되고 개성 있는 가게가 길을 따라 줄지어 있다. 바로 옆에는 이 지역 커피숍이 있어서 책을 산 사람들이 종종 커피숍에서 책을 읽으며 시간을 보내기도 한다.

퀸앤 북컴퍼니

Queen Anne Book Company

핼러윈 행사도 큰 규모로 준비한다.

"서점과 가게마다 사탕과 초콜릿을 준비해 놓는데 이 번 할로윈에만 천이백 명쯤 와서 사탕이 다 떨어졌죠. 물론 서점에 발을 들인 아이들은 몇 명 안 되지만 많은 사람이 동네를 돌아다니는 게 중요하다고 봐요."

12월 초부터 진행되는 '홀리데이 매직'Holiday Magic 행 사는 최대 지출 기간인 크리스마스 시기라 투자도 과감하 다. 상점은 쿠키나 와인·샴페인 같은 것을 구비해 여러 사 람이 들어오게끔 유도한다. 이런 상품은 사람을 끄는 미끼 지만 더 많은 사람이 여기 이런 곳이 있음을 알게 하고 가 족을 데려오게 만들기 때문에 투자가 아깝지 않다. 그 가 운데서도 서점은 새롭고 의미 있는 것을 발견하기 좋은 장 소라 한번 좋은 경험을 하게 되면 다시 찾게 마련이라고 세 사람은 확신한다.

학교는 지역 서점의 좋은 파트너다. 지역사회의 근간 인 교육을 간접 지원하면서 사업적으로도 좋은 전략이다. 학교에서 필요한 책을 지역 서점에서 주문할 경우 20퍼센 트 정도의 할인 혜택을 주고 개인적으로 서점을 찾는 학생이나 교사에게도 같은 비율로 할인해 준다. 직접 돈을 내지 않더라도 지역 교육에 지원을 하는 셈이라 보람도 있다. 학생과 교사는 책을 가장 많이 소비하는 층이므로 매출에도 물론 도움이 된다. 세 사람은 많은 사람이 서점을 경험하는 일이 중요하다고 생각하기 때문에 장소성을 적극적으로 고려한다.

저자 이벤트는 한 달에 서너 번 정도 여는데, 지역에 사는 작가는 물론이고 전국을 돌아다니며 이벤트에 참여하는 작가를 부르기도 한다. 아무래도 작은 서점으로는 이름 있는 저자를 부르는 데 한계가 있어 다른 곳의 저자 초대 행사에 지역민이 참여할 수 있도록 적극 홍보한다. 스피커 등 시설이 잘 갖춰져 있고 실외 이벤트가 자주 열리는 구글의 시애틀 지사에서 책 관련 행사가 열리면 퀸앤 북 컴퍼니는 마치 자기 일처럼 나서서 홍보한다.

"많은 학생을 데리고 와 저희 서점에서 수업을 하는 분도 계세요. 좋아하는 책에 관해 함께 이야기하면서 자신이 좋아할 법한 책을 추천받거나 발견하곤 합니다. 그런 점에서 독서 모임도 적극적으로 장려하는 편이에요. 저희 서점은 가족 단위의 손님에게 각별히 신경을 씁니다. 한번은 서점에서 생일 파티를 하고 싶다는 문의가 있었어요. 생일

퀸앤 북컴퍼니

Queen Anne Book Company

파티는 떠들썩한 일이라 다른 손님에게 방해가 될 수도 있어서 조심스럽긴 했지만 진행했지요. 생일인 아이는 서점에 좋은 기억을 갖게 됐을 거예요."

서점 안쪽으로는 어린이 손님 키 높이에 맞는 둥근 탁자와 의자가 놓여 있다. 엄마가 옆에 앉아 아이에게 책을 읽어 줄 수도 있고 친구끼리 책을 읽으며 이야기를 나눌 수도 있다. 실제로 자기 아이가 다니는 어린이집 아이를 전부 데려와서 '동화 읽기 시간'을 보낼 수 있겠냐는 문의를 받은 적이 있다. 매주 한 번씩 손님이 적은 오전 시간대를 쓰면 어떻겠냐고. 서점에서 좋은 경험을 한 아이가 도리어 부모님에게 서점에 가자고 졸랐을 수도 있을 것이다.

"재정 문제요? 흠, 사실 서점은 돈이 아니라 교육과 지역사회를 위한 기여 같은 소신을 가져야만 할 수 있다고 생각합니다. 책을 팔아서 남는 이윤은 거의 없거든요. 그래도 어쨌든 살아남아야죠. 생존 전략은 글쎄요, 책을 많이 팔아야겠죠?"

너무 싱거운 정답을 이야기한 재니스가 웃었다.

"자금을 더 끌어들일 방도를 찾는 중이에요. 판로를 넓힐 길도 찾고 있고요. 저희 서점의 전문 인력 등을 통해 책과 관련된 이벤트를 외주 진행하는 등 저희가 가진 유무

형의 자산을 적극 활용해서 다양한 기회를 만들려고요. 장기 전망을 가지고 실천해야 하는 일이지만 확실히 도움이 됩니다."

이 서점만의 큐레이션 원칙이 따로 있는지 묻자, '조화와 균형'을 강조했다.

"저희는 다양한 책을 팔아요. 우선은 주로 이 지역 독자의 수요를 반영하죠. 그렇지만 워싱턴주에서, 미국에서 어떤 책이 널리 읽히는지 베스트셀러도 구비합니다. 저희 직원의 취향도 반영하고요. 지역 독자의 취향과 직원의 취향, 일반적인 취향을 고르게 반영합니다. 절묘한 균형이랄까요? 이 지역 사람이라면 저희 서점에서 마음에 드는 책을 반드시 발견할 수 있을 거예요. 공항 서점이나 반스앤드노블에서는 있을 수 없는 일이죠."

퀸앤 북컴퍼니에는 '우리 서점 베스트셀러'Indie Wall와 '직원 추천'Staff Wall이라는 책 전시 벽면이 나란히 있다. '직원 추천' 공간에는 여러 직원이 가장 좋아하는 책이 추천사와 함께 진열되어 있다. 이 지역 사람은 특히 직원 추천 책을 유심히 살핀다고 한다. 한번 추천 받은 책이 마음에 들었다면 다음에는 어떤 책을 읽으면 좋을지 일부러 물으러 온다. 그렇게 상호 신뢰가 만들어지면 다음에는 가족

퀸앤 북컴퍼니

Queen Anne Book Company

과 지인으로 손님 층이 넓어진다.

"어떤 분은 캔자스로 이사 가서도 저희에게 전화를 해요. 부모가 자식을 데려오는 경우가 일반적이지만 아이가 좋아해서 부모를 데려오는 경우는 충성도가 더 높은 거 같아요. 이렇게 믿음이 깊어지면 나중에 전화를 걸어서 선물 추천을 부탁해서 책을 산다든가 하게 되죠. 그렇게 손님이 점점 많아지는 거고요."

서점만의 생존 전략을 마련하다

이윤을 조금이라도 올리려는 출고가 전쟁은 여기도 마찬가지다. 하지만 미국 내에서 주문을 하는 경우 유통망이 잘 연결되어 있는 편이라 주문하는 양이 적다고 불이익을 당하는 일은 없다고 한다. 거의 매일 책을 주문하는데 주문 중에 손님이 특별 주문한 책이 한두 권 포함될 때도 주문 가능한 최소 수량 스물다섯 권을 맞추기만 하면 출고가는 일정하다. 물론 출판사에 주문하면 단가가 확실히 싸지만 그만큼 주문 가능한 최소 수량이 높다.

그날 오전에 만났던 피니 북스의 톰은 출판사와 도매

상의 출고가 차이가 5퍼센트밖에 나지 않으니 일일이 출판사에 연락하는 시간 낭비를 하지 않는 게 낫다고 하더라고 했다. 세 사람은 그래도 5퍼센트가 어디냐고 했다.

"모든 서점은 주문할 때마다 도매상에 주문할지 출판사에 주문할지 결정해야 하죠. 반스앤드노블 같은 대형 서점이라면 고민하지 않겠지만 저희같이 작은 서점은 매번 고민해서 결정합니다. 그래서 출판사와 도매상의 출고가를 매번 비교합니다. 겨우 5퍼센트라고 하겠지만 쌓이면 큰돈이 되잖아요. 그러니까 신중하게 저울질하는 거죠."

독립 서점과 연대하여 상생의 길을 모색하는 방안은 없을까? 지난번 들렀을 때 이 지역 독립 서점 지도를 건네받으며 들었던 '독립 서점의 날' 행사에 관해 물었다. 서점의 소유주 셋은 그보다 지역 소상인과 함께하는 '인디스 퍼스트'Indies First 행사가 훨씬 도움이 된다고 말했다. 독립 서점뿐 아니라 지역의 소상인이 모두 참여하는 덕에 카드 회사나 더 큰 조직의 직접적인 지원을 끌어낼 수 있기 때문이다.

"요즘은 오프라인 매장 소비가 전처럼 활황이 아니지만 블랙프라이데이는 여전히 미국 전역이 소비로 불타오르는 시기죠. 블랙프라이데이 다음 날인 토요일에 '인디스

퀸앤 북컴퍼니
Queen Anne Book Company

퍼스트' 행사가 진행돼요. 2014년에 시작됐으니까 그렇게 오래된 건 아니네요. 하지만 굉장히 멋진 행사예요. 미국 전 지역에 걸쳐서 많은 참여가 이루어지고 영국과 이탈리아 등 유럽에서도 비슷한 행사가 열리죠."

처음 서점을 방문했을 때 서점 이곳저곳에서 보았던 "인디스 퍼스트, 지역에서 먹고 자고 사라"Indies First: Eat, Sleep, and Buy from Indies; Shop Small! 구호의 정체다. 미국 카드회사인 아메리칸익스프레스에서는 인디스 퍼스트 행사 당일에 지역에서 물건을 구입할 경우 추가 포인트를 지급한다고 대대적으로 홍보했다. 아무래도 자본이 큰 데서 홍보하니 '인디스 퍼스트'가 사람들에게 널리 알려지는 계기가 되었다.

"그렇지만 역시 실익이 문제지요. 저희 같은 소상인은 아멕스보다 비자카드를 선호해요. 카드 수수료가 적기 때문에 우리 수익이 커지죠. 서점을 비롯해서 아멕스를 아예 안 받는 작은 가게도 있지만 아멕스는 상관하지 않고 열심히 판촉을 하죠. 그 덕에 인디스 퍼스트가 더 널리 알려진다면 저희로서는 감사할 일이고요."

서점이 미디어로서 그 자체가 사회적 메시지가 되고 있는 것 같다는 말에 재니스는 고개를 끄덕였다. 크라인은

"숍 로컬"(Shop Local)! 서점도 수익이 중요하다고 생각하는 퀸앤 북컴퍼니는 지역 소비 운동에 적극적이다. 입구부터 서점 곳곳에 지역 소비 운동 구호가 적혀 있고, 지역 상공회의소를 비롯해서 지역 소상인과 적극적으로 연대한다. 책도 상품이므로 다른 상품들과 함께 구입하는 게 보통 소비 패턴이란다. 퀸앤 북컴퍼니가 '독립 서점의 날'보다 블랙프라이데이 다음에 이어지는 '숍 로컬'에 더 적극적인 이유다.

퀸앤 북컴퍼니

Queen Anne Book Company

전미서점협회에서 서점을 "지역사회의 구성원이 모이는 장소"라고 정의하는 데 동의한다고 했다. 서점은 이제 사람이 모여드는 놀러 가는 곳이라는 인식이 새롭게 널리 퍼지고 있다는 것이다.

"이런 관점에서 볼 때 최고의 이름을 가진 서점이 있는데 '서드플레이스 북스'The Third Place Books라는 곳이에요. 가 보신 적이 있는지 모르겠네요(그때까지는 못 가 봤다). 서점이 사람의 삶에서 집과 직장 외에 제삼의 장소 역할을 하길 바란다는 뜻이래요. 일하는 곳, 숙면을 취하며 쉬는 곳 외에 삶을 풍요롭게 만드는 제삼의 장소인 거죠. 그 서점에는 커피숍과 식당도 있고 가끔은 음악 공연이 열리기도 해요. 술집도 있어요. 지역에 사는 사람이 심심하면 '서점에 가서 놀아야지'라고 생각하게 되죠. 그리고 다른 사람과 만날 때도 '서점에서 만나서 쇼핑도 좀 하고 커피도 마시자'하고 만나는 거예요. 저희도 그게 저희 서점이 손님에게 전하는 메시지이길 바랍니다."

　작은 규모의 서점에도 온라인 주문과 배달 서비스가 있다. 세 사람은 퀸앤 북컴퍼니에도 구입하고 싶은 책을 전자우편으로 주문하는 사람이 있는데 주문은 그렇게 하더라도 우편이 아니라 서점에 직접 방문해서 책을 가져갔으면 좋겠다고 했다. 그렇게 함으로써 손님이 이곳에서 뭔가를 더 발견하길 바란다는 것이다. 손님과 직접 대면해 이야기를 나누면 손님과 주인을 넘어 이웃이 되고 서로의 안부가 궁금해서라도 서점에 다시 들르고 싶은 마음이 들 것이다.

　"온라인에서는 책과도 사람과도 상호작용이 없죠. 진열된 책을 통해 원래 사려고 했던 것 외에 새로운 것을 발견하는 기쁨도 없어요. 저희 서점은 크지 않아서 아직 엄두를 못 내고 있지만 편안한 소파 같은 것을 가져다 놓고 여유 있게 책을 읽을 수 있는 장소도 있으면 좋겠다 싶어요. 지금은 추워서 사람이 없지만 날이 좋아지면 저희 앞마당에 놓인 탁자와 의자가 그런 역할을 합니다. 서점은 사람이 들어와서 편안함을 느끼고 부담 없이 놀다 가는 공간이었으면 좋겠어요. 지역사회의 모임 장소로도 좋지만 혼자

서도 언제든 여유를 즐길 수 있는 공간으로 느끼길 바랍니다."

독서 모임과는 아무래도 더 긴밀한 관계를 맺을 수밖에 없다. 퀸앤 북컴퍼니에 속한 독서 모임은 '퀸앤 북컴퍼니 독서 모임' 딱 하나다. 지역민이라면 누구나 참여할 수 있고 정초에 모임 회원이 선정한 책을 일 년간 돌아가며 읽는다. 매월 첫째 화요일 일곱 시에 만나는데 매번 같은 구성원이 모이지는 않지만 보통 한 번에 스무 명 정도 모인다. 독서 모임은 서로 연결되어 있기 때문에 이곳 독서 모임과 연계된 십여 개 다른 독서 모임에 공간을 빌려 주기도 하고 회원에게는 20퍼센트 할인 가격으로 선정도서도 판다.

"출판사가 서점을 적극 활용하기도 합니다. 랜덤하우스는 저희 서점에 일 년에 한 번씩 와서 '출판사의 밤' 행사를 해요. 대형 출판사는 저희 같은 지역 서점의 주문량을 분석해 해당 지역에서 특별히 선호하는 책을 잘 알고 있죠. 선호도를 반영해서 직원 두 명이 책 열 권씩 선정합니다. 직원이 두 명이니까 모두 스무 권이 되죠. 독서 모임은 그 책을 아예 그해 읽을 책으로 정하기도 해요. 이렇게 선정된 책 스무 권은 저녁 일곱 시부터 아홉 시 사이에 권당 10

달러 균일가에 팝니다. 사람마다 책 꾸러미를 한 아름 안고 돌아가죠. 작년인가 재작년인가는 이 행사에 오려는 사람이 너무 많아서 미리 예약을 받아야 했어요."

책 사겠다고 미리 예약까지 하고 저녁 시간에 모여 출판사 직원이 하는 책 홍보를 듣고 책을 선물 보따리처럼 들고 가는 사람 행렬을 상상하니 이건 어느 천국의 모습인가 싶어 한때 출판업 종사자로서 꿈꾸는 기분이 들었다. 하지만 그런 천국을 만들기 위해 재니스와 크라인과 주디는 다른 업종의 소상인과 연대하며 판을 짠다. 지역사회와 함께 번성하기 위해 잔뿌리가 서로 얽혀 더 단단해지려는 것 같다.

그래도 세 사람은 책이 좋아 서점을 한다. 2016년에 개인적으로 가장 좋았던 책에 관해 묻자 재니스는 『오베라는 남자』와 『모스크바의 신사』를, 주디는 콜슨 화이트헤드의 『언더그라운드 레일로드』를 꼽았다. 『언더그라운드 레일로드』는 한국에서도 주목을 받은 책이라 솔깃했는데 크라인이 이 책은 미국의 역사를 알아야만 더 재미있게 읽을 수 있다고 덧붙였다.

주디는 그런 생각을 하지 못했는데 생각해 보니 그렇다며 세계인 모두가 비슷한 즐거움을 느끼긴 어려울 수도

퀸앤 북컴퍼니

Queen Anne Book Company

있겠다고 고개를 끄덕였다. 1978년 미국에 온 이민자인 크라인은 같은 책을 다르게 읽었던 것이다.

문을 연 지 얼마 안 됐지만 이 서점의 역사는 단골손님이 함께 만들어 간다. 서점의 손님 중 특별히 기억나는 사람에 관한 이야기를 하자 모두 행복해했다.

"앨리스였나? 매달 이백 달러어치씩 책을 사 가던 분 있잖아요?"

크라인의 말에 재니스가 잘 안다는 듯 고개를 끄덕였다.

"아넷이죠. 아주 특별한 손님이 하나 있어요. 매달 한 번씩, 어떤 달은 두 번씩 와서 오백 달러에서 팔백 달러어치씩 책을 사 가요. 그 책으로 무엇을 하냐고 했더니 자기 동네에 있는 작은 도서관에 기증한대요."

이들이 말한 작은 도서관은 한국의 민간에서 운영하는 것 같은 규모만 작은 도서관이 아니다. 주택가 곳곳에 설치한 작은 텔레비전 크기의 우편함 같은 상자에 책을 넣어 두고 지나는 사람이 마음껏 책을 꺼내 읽고 다시 가져다 놓게 해 이동성과 자율성이 특히 강조된 도서관이다. 작은 도서관은 시민이 자발적으로 참여하는데 대출 장부를 적는 게 아니라서 분실도 많다. 아넷이라는 손님이 매달 일정

량의 책을 새로 사야 하는 이유도 아마 그래서였으리라.

"저희도 더러워지거나 손상이 생겨서 반품할 수 없는 책을 작은 도서관에 기증합니다. 저희 서점 명함을 끼워 넣어서 홍보도 하니까 지역사회에도 도움이 되고 저희 매출에도 도움이 되고 일석이조죠."

캘리포니아 샌디에이고에서 여기까지 전화를 걸어 책을 주문하는 단골 케빈 루비, 크리스마스마다 들러 지인에게 선물할 카드와 함께 책을 사 가는 뉴욕의 노부부 이야기를 나누며 모두 즐거워했다.

"저희에게 아예 카드 번호를 주신 분도 계셨어요. 당신 손자 손녀가 서점에 와서 원하는 책을 고르면 그 번호로 결제하라고요. 아이들은 그걸 '할머니 할아버지 구좌'라고 불러요. 아이들은 읽고 싶은 책이 있으면 '저 이 책 읽을래요!' 하고 저는 '그래, 가져가라' 하는 거죠. 걔네는 아무것도 할 필요 없이 그냥 책을 즐기기만 하면 돼요."

일본의 유명 북디렉터 하바 요시타카가 쓴 책 『책 따위 안 읽어도 좋지만』에서도 비슷한 일화를 보았다. 어린 시절 마을 서점에서 언제든 원하는 책을 그냥 가져올 수 있었다고 한다. 부모님이 나중에 돈을 내 주었기 때문이다. 꼭 읽어야 하는 권장 도서 목록 없이 아이의 즐거움과 기호

퀸앤 북컴퍼니

Queen Anne Book Company

만 있으니 자연스러운 독서 습관이 생길 것 같다. 물론 서점의 책은 다른 사람도 사 갈 수 있는 상품이니 소중히 다뤄야 한다는 당부는 기본이겠다.

처음 질문으로 돌아가 보자. 마을 속의 서점은 어떠해야 할까? 퀸앤 북컴퍼니는 질문의 답 한 가지가 될 수 있을 것이다. 지역사회에 애정과 책임감을 갖고 있다. 손님의 이름과 독서 취향을 기억하고 손님의 아이나 반려동물과도 허물없다. 서점이라는 물리적 공간이 이웃의 일상에 스며들도록 노력한다. 이웃은 이 서점이 지역사회를 위해 하는 일의 가치를 알기 때문에 서점에 힘이 되고자 노력한다.

하지만 이 서점은 이상만 외치지 않는다. 통속적인 비유지만 호수 위 우아한 백조의 발버둥처럼 그들은 쉬지 않고 모색하고 탐색한다. 출판사와의 협상이나 카드사와의 제휴, 지역 소상인과의 연계, 다른 독립 서점과의 접점, 모든 가능성과 기회를 말이다. 잠깐 돌아본 퀸앤 마을은 잘 가꿔진 집과 오래된 나무가 전통 있는 작은 상점과 어우러진 아름다운 곳이었다. 하지만 퀸앤 북컴퍼니가 빠졌다면 아름다움은 완벽하지 않았을 것이다.

『첫눈』First Snow

『첫눈』은 이곳 매대에서 표지 그림을 보고 '이건 꼭
한국 아이 같네' 하고 집어 든 책이다. 찬찬히 살펴보니
역시 한국 책이었다.

작가 박보미가 그리고 쓴 이 책은 한국에서는
한솔수북에서 『첫눈』이라는 제목으로 출간되었는데,
표지의 분위기가 전혀 다르다. 영문판은 전체적으로 검은
톤에 빨간색과 흰색으로 포인트를 주었지만 한국어판은
표지 바탕이 흰색이다. 어떤 판본을 더 좋아할지는 개인
취향이겠지만 영문판이 훨씬 몽환적으로 느껴진다.
아이가 부모가 잠든 사이에 집을 빠져나가 첫눈을
만끽하는 이야기가 현실이 아닌 꿈이길 바랐기 때문일까.

Open Books

존재하지 않는 게 불가능한 서점의 주인이 되다

요즘 들어 시가 제법 읽힌다고들 한다. 인스타그램이나 트위터 같은 SNS에 쓸 재치 있는 짧은 글에 시만 한 재료가 없어서라는데 논픽션이나 소설에 버금가는 베스트셀러 시집에 관한 이야기도 많다. 한국에도 '위트앤시니컬'이라는 시집 전문 서점이 신촌에 문을 열었고 잘 운영되고 있다고 들었다. 문을 연 첫 달에 무려 1천 권의 시집을 팔았다는 이야기를 들었는데 주인장인 유희경 시인의 맞춤 추천과 조화를 고려해 심혈을 기울인 큐레이팅 덕이라고 했다. 아쉽게도 미처 가 보지는 못했다.

시 다루기는 까다롭다. '시는 이해하기 어렵다'는 선입견도 문제고 서사가 중심이 되는 소설이나 좀 더 일상적인 문장을 쓰는 비소설에 비해 언어에 더 민감하기 때문에 취향도 탄다. 아무리 시는 누구나 즐길 수 있는 거라고 우겨도 시집을 보통 사람에게 소개하려면 어느 수준 이상의 역량이 필요하다. 시 전문 서점을 표방하는 서점이 이 넓은 미국 땅에 단 세 곳밖에 없는 이유일지도 모른다. 물론 안 팔려서일 수도 있다.

그 가운데 하나가 바로 시애틀에 있다. 다른 두 곳은 매사추세츠주 캠브리지에 있는 그롤리어포어트리 북숍 Grolier Poetry Bookshop와 콜로라도주 볼더에 있는 이니스프리포어트리 북스토어 앤드 카페Innisfree Poetry Bookstore and Cafe다. 오픈 북스는 무려 29년이나 된 서점이다. 사전 조사차 들렀을 때 주인이 서점 역사에 비해 너무 젊어서 당황했는데 인터뷰 때 물으니 그이는 원래 주인에게서 최근에 서점을 인수한 빌리 스위프트Billie Swift였다. 2016년 8월에 공식적으로 새 주인이 되었으니 불과 몇 달 전이라고 했다.

"저는 이곳 단골손님이었어요. 그런데 어느 날 전 주인이었던 존이 제게 전자우편을 보냈어요. 은퇴하려고 서점을 내놨다고요. 만약 적당한 사람이 없으면 서점 문을 닫을 거라고요."

오픈 북스의 전 공동 소유주인 존 마셜John W. Marshall과 크리스틴 디빌Christine Deavel은 시인 부부다. 존은 첫 번째 책『뜻구름』Meaning a Cloud으로 오벌린대학 출판부에서 주는 필드 시 문학상Field Poetry Prize을 받았다. 크리스틴은 『숲의 노래』Woodnote로 2012년 워싱턴주 도서상 시 부문 Washington State Book Award for poetry과 2011년 도로시브런스 먼 시 문학상Dorothy Brunsman Poetry Prize을 수상했다.

　시인이 주인이었던 만큼 시애틀의 시 문학은 이들과 이 서점에 빚진 바가 많았다. 워싱턴주립대학과 연계된 프로그램 여러 개를 함께 운영했을 뿐 아니라 시 낭송회나 저자 초대 등 지역 행사도 활발하게 펼쳤다. 이들은 시 문학과 관련된 최신 소식과 전망 등을 관심 있는 사람에게 전달하는 역할도 했다. 시인으로서 갖춘 전문적인 식견 그리고 지역사회와 시를 사랑하는 사람에 대한 깊은 애정이 아니라면 할 수 없는 일이었다.

　그런 존이 빌리에게 전자우편을 보낸 이유는 빌리가 그런 일을 할 수 있는 사람이라고 믿었기 때문일 것이다. 아니나 다를까 전자우편을 보자마자 빌리는 삶에서 결정적인 순간을 맞닥뜨렸음을 알았다.

　"처음엔 그냥 당황했어요. 그리고 바로 슬픔을 느꼈죠."

　시애틀에서 태어났지만 뉴욕에서 살다가 2006년에

시애틀로 돌아온 빌리는 당시 퍼시픽루터리안대학의 레이니어 창의적 글쓰기 과정Rainier Creative Writing Course에서 석사 학위 과정을 밟고 있었다. 그런 빌리에게 오픈 북스는 특별했다. 처음엔 그냥 크리스마스 쇼핑이나 할까 하고 들렀다. 도서관을 운영했던 할아버지 덕에 가족 모두 휴가 때마다 헌책방과 이름난 서점을 찾아다녔기에 특별한 일은 아니었다.

책방 주인이었던 존과 크리스틴은 빌리가 책 찾는 것을 도와주었고 그들의 추천은 믿을 만했다. 그 후 학위 과정을 하는 동안 빌리는 이곳에 들러 존과 크리스틴에게 시든 페이퍼든 뭐든 자신의 아이디어를 이야기하곤 했다. 무엇이든 이야기하는 과정에서 존과 크리스틴 또는 서가에서 만난 책을 통해 영감을 얻을 수 있었다. 오픈 북스는 빌리에게 그런 장소였다.

"오픈 북스를 묘사할 때는 '필요한'이라는 단어를 사용해야 할 거 같아요. '존재하지 않는 게 불가능한 장소'죠."

전자우편을 받고 나서부터 빌리는 자신이 서점을 할 수 있을지 고민하기 시작했다.

"지금 오픈 북스의 주인이 된다는 게 어떤 의미인지

또 그렇게 하려면 어떻게 해야 할지 생각하고 또 생각했어요. 2016년에 서점 주인이 되겠다는 게 과연 현명한 판단일지도요. 우선 가족에게 이야기했죠. 그리고 그게 일어날 수도 있는 일이라는 걸 깨달았죠."

그때부터 존과 크리스틴과 계속 이야기를 나눴다. 재미있는 사실은 전 주인이었던 존도 빌리처럼 우연히 서점 주인이 되었다는 것이다. 존은 처음에 그냥 서점 점원이 되려고 했는데 서점 주인이 그러더란다. "점원이 되는 대신 그냥 서점 주인이 되는 건 어때요?" 그래서 "그러죠, 뭐"라고 대답하고 서점 주인이 되었단다. 처음엔 그냥 일반 서점이었지만 몇 년 후에 시집 전문 서점을 만들어야겠다고 결심했다. 그게 벌써 이십 년도 넘은 일이다.

이야기를 할 때마다 존과 크리스틴은 빌리가 이곳을 운영할 수 있음을 확신시켜 줬다. 그때부터 빌리는 오픈 북스의 붙박이가 되었다. 손님을 만나고 서점이 매일 어떻게 돌아가는지 존에게 배웠다. 마침내 8월, 빌리는 공식적으로 서점의 새 주인이 되었다. 시애틀 시 공동체의 가장 중요한 기둥, 시애틀 시인의 성지이자 시를 사랑하는 방랑자의 도착지 주인이 된 것이다.

"이기적인 선택이었어요. 저는 그저 이 서점이 없어

지지 않기만을 바랐죠. 이 서점은 시애틀에서 누리는 경험의 일부지만 제겐 여기가 시애틀이었어요. 처음 이 서점의 주인이 되었을 때는 여기 앉아서 이 공간을 멍하니 둘러만 보고 있었어요. 저는 지금도 이곳을 제가 소유했다는 것, 아니 이 공간이 여전히 운영되고 있다는 것에 놀라곤 해요."

주인은 바뀌어도 만남은 지속된다

오픈 북스는 길가에 있긴 하지만 상가 밀집 지역과 한 블록 정도 떨어져 있다. 가까이에는 시애틀에서 이 지역 햄버거로 인기가 높은 딕스가 있다. 주택가가 에워싸고 있고 간혹 큰 회사의 창고 같은 것이 눈에 띌 뿐이다. 어찌 됐든 상품을 파는 곳이라면 유동 인구가 많은 게 좋을 텐데 그러기에 적당한 자리는 아니다. 그러니 이 서점을 일부러 찾아와 그곳에서 책을 사는 사람의 조건 없는 사랑이 이 서점의 생존 조건일 것이다.

오픈 북스는 한 번이라도 이 서점에 왔던 사람이라면 곧바로 사랑에 빠질 정도로 사랑스러운 서점이다. 입지 조건이 안 좋더라도 생존하기에 충분하다는 뜻이다. 어떤 장식도 없는 최소한의 시집 전문 서점. 일반 가정집의 차고를 개조한 것 같은 이 서점의 규모는 다른 독립 서점에 비하더라도 아주 작다. 경사진 지형 때문에 반지하층처럼 길가 쪽으로 노출되어 있고 다른 쪽으로는 그냥 단층집이 보인다. 전 주인인 존과 크리스틴은 이 집에서 살았다고 한다. 아마도 이 서점의 인수 조건은 이 집과 함께였을 것이다.

전체적으로 길쭉한 직사각형 모양으로 입구의 계산대를 제외하고 마주 보는 양 벽이 책꽂이로 채워져 있다. 키가 큰 사람은 머리가 천장에 닿을까 걱정될 정도로 층높이가 낮기 때문에 책을 많이 구비할 수는 없을 것 같다. 책이 더 눈에 잘 띄도록 또는 집중 홍보하려고 책을 펼쳐 놓은 매대는 없다. 책꽂이를 몇 칸 비워 책을 가로로 세워 두거나 책꽂이 위에 신간 서너 권을 세운 게 전부다. 이곳의 전략은 아마도 '양보다 질'인 듯하다.

천장이 낮고 공간이 작은 데도 오픈 북스는 좁아 보이지 않는다. 서점 공간의 한가운데를 온전히 비워 놓아서인 것 같다. 비운 공간에는 벤치 같은 것이 있어 누구든 책을 뽑아 들고 앉을 수 있다. 푹신한 소파와 작은 탁자도 있다. 아이들 책을 꽂아 둔 낮은 서가 옆에는 시를 낭송한 엘피LP

오픈 북스

넓고 넓은 미국 내에서도 단 세 곳밖에 없는 시집 전문 서점이 시애틀에 있다. 오픈 북스는 1995년 시인 부부가 문을 연 후 20년 만인 2016년에 주인이 바뀌었다. 전 주인도 그랬지만 시애틀이 고향인 새 주인 빌리 스위프트는 오랫동안 문학을 공부한 사람이라 시를 어렵다고 느끼는 보통 사람에게도 꼭 맞는 시집을 추천해 줄 수 있는 능력자다.

마치 가정집의 차고를 개조한 것처럼 오픈 북스는 아주 작다. 실제로 차고가 아니었을까 의심도 든다. 경사면에 위치하고 있어서 길가에서는 서점 입구가 보이지만 뒤에서는 서점이 보이지 않는다. 입구에서 들어서면 양쪽 벽면에 서가가 빼곡할 뿐, 가운데를 텅 비워 놓아 답답하지 않은데 소파와 의자가 놓여 있어 잠깐 앉아 책을 훑어볼 수 있고 작은 모임도 할 수 있다.

도 진열되어 있다. 전 세계에서 모여든 시집 가운데 한국 시인의 시집도 보였다. 프랑스를 근거지로 활동하는 김이듬과 김혜순 시인 등이 눈에 띄었다.

온통 하얀 책꽂이에 가지런히 꽂힌 책과 과하지 않은 소품, 과감하게 비워 좋아하는 사진과 그림으로만 가득 채운 한쪽 벽면. 정갈한 서점이다. 작은 서점일수록 역사가 오래되었다는 것은 큰 장점이다. 소규모일지라도 이미 충실한 독자층이 있기 때문이다. 그리고 고객이 충실할수록 주인이 바뀐다는 것은 커다란 모험이다. 이곳에 어떤 책을 둘지 결정하는 것은 이곳을 찾는 사람과의 관계를 바꾸는 일이기 때문이다. 이 서점에 어떤 책을 둘 것인가? 오픈 북스에는 '시집'이라는 길잡이가 있긴 하지만 시를 잘 모르는 사람에게는 막연한 일이다.

오랫동안 문학 공부를 해 온 빌리에게 자신이 좋아하는 시를 고르는 것은 어렵지 않다. 하지만 그런 시를 여러 사람이 읽게 하거나 나아가 좋아하게 만드는 일은 별개다. 또한 전 주인이 손님과 맺어 왔던 관계는? 그 서점에 가면 자신이 틀림없이 좋아할 만한 시집을 추천받을 수 있고 실제로 대부분 그것을 좋아하게 된다, 이것이 존과 크리스틴의 오픈 북스가 유지해 온 명성의 일부였다. 빌리에게는 과연 어떤 복안이 있을까?

"서점은 '대화'라고 생각합니다. 우연이든 필연이든 이 공간을 찾아온 사람은 시를 만납니다. 시라는 것은 한없이 확장되면서 동시에 자기 안으로 응축되죠. 저는 이 공간 자체가 많은 사람에게 그런 일을 해 주길 바라요. 여태까지 해 왔던 것처럼 말이죠."

세계 어디든 누구나 연결되는 시대라지만 우리는 늘 만남을 갈망한다. 어떤 시가 왜 좋은지 또 하필 이 시가 좋은지 설명하기 어렵기 때문에 시집 전문 서점은 더 귀하다. 이 서점의 팬이었기에 빌리는 독자의 갈망을 누구보다 잘 알고 있다. 시집에 둘러싸여 지내는 삶은 낭만적이고 고요할 것 같지만 실상은 더 치열할 것이다. 서점이 지역사회의 문화 거점이라고 말하기는 쉬워도 꿈과 이상만으로는 서점 공간을 지속하기 어렵다. 어떤 계획이 있는지 묻자 빌리가 머뭇거렸다.

"전 그저 이 놀라운 장소를 어떻게 하면 잘 유지해서 늘 살아 있게 만들까 그것만 생각하고 있어요. 이를 위해 제가 뭘 할 수 있을지 열심히 궁리하는 중입니다. 첫 번째 관심사는 지역사회예요. 이곳을 지역사회의 예술가와 독자를 위해 더 잘 쓰려면 어떻게 해야 할까, 많은 사람이 시를 발견하도록 하려면 어떻게 해야 할까, 지역민을 초대하고 찾아온 사람을 환대하는 공간으로 만들려면 뭘 해야 할까. 그런 고민을 하고 있습니다."

빌리는 이곳이 서점이라는 사실, 그게 중요하다는 점을 잘 안다. 적어도 이곳의 문을 닫지 않고 서점으로 계속 유지하기 위한 결정을 해야 한다고 생각한다. 하지만 자본주의와 지역사회에 대한 공헌 중 하나를 선택해야 하는 상황에 아직 적응하지 못했다.

"우연이긴 했지만 서점 주인이 된다는 것은 해 볼 만한 일이에요. 즐기지만 유지하기 위해 분투해야 하죠. 순수 예술을 위한 공간을 유지하기 위해 자본주의적 모험을 수행하는 일은 제게 흥미로운 도전입니다. 아직 고민 중이지만 제 해결책은 눈에 보이는 이윤을 높이려 애쓰기보다 지역사회와 연계해야 한다는 겁니다."

빌리는 이미 이 서점이 자연스럽게 그런 역할을 하고 있음을 느낀 적이 있었다. 미국 대선이 끝난 후였다. 동네 사람들이 자발적으로 모여들어 어떤 사람은 그냥 앉아 있고 어떤 사람은 끄적거리고 어떤 사람은 울고 또 어떤 사람은 조용히 차를 마셨다. 대선을 치르고 느낀 감정을 같은 공간에서 모여 나눈 것이다. 이 이야기가 당시에는 낯설게 느껴졌는데 나중에 피니 북스에서 톰에게 같은 이야기를 듣자 좀 알 듯했다.

"그날, 전 이곳에 매일 불을 켜고 문을 열어 두는 것이 얼마나 중요한지 확신했어요. 물론 이 공간을 계속 유지하려면 긴장과 갈등이 계속되리라는 것도 잘 알아요. 여기서 한두 사람이라도 책을 구경하거나 읽고 책에 관해 이야기해야 한다고 생각해요. 여기가 어떻게 변할지 저도 흥미롭게 지켜볼 생각이지만 여러 사람에게 책이든 사람이든 더 많이 만날 수 있는 기회를 주고 싶습니다."

다양한 관계 속 대화 통해 채운 서가

서점 한쪽 서가에 마련된 5달러, 10달러짜리 헌책 코너는 더 저렴한 가격으로 시집을 살 수 있도록 사람을 유인하는 동시에 소량 출판되는 시집이 머물렀다 흘러가며 더 많은 사람과 뜻밖의 만남을 만들어 내는 곳이기도 하다. 물론 서점을 더 오래 유지하기 위한 자본주의적 분투의 일환이기도 하다. 여기에 서적 유통망을 다각화하는 노력도 이어지고 있다.

"다른 서점은 어떤지 모르겠지만 저희는 유통이 좀 복잡해요. 시집을 출간하는 소규모 출판사와 직거래도 하죠. 직거래의 경우, 낮은 출고가 덕분에 조금이라도 이윤이 더 남죠. 하지만 '소출판 유통'Small Press Distribution(SPD)과의 거래도 늘고 있어요. 작은 출판사와 일일이 거래하려면 정말 일이 많거든요. 저희처럼 적게 주문하는 곳은 잉그램Ingram 같은 일반 도매상과의 거래에서 아무래도 출고가에서 불이익을 받긴 하지만 다른 곳에 비해 배송이 훨씬 빠르니까 그런 곳과도 함께 일해야 해요."

모든 장르의 대중 출판과 시집 출판을 겸하는 큰 출판사라면 일반 도매상으로 충분하겠지만 시집 출판을 전문으로 하는 곳이나 소규모로 독립 출판을 하는 곳은 이런 조직의 도움이 꼭 필요하다. 1969년에 출범한 SPD는 독립 출판사를 돕는 비영리 조직이다. 처음엔 여덟 곳 정도의 작은 출판사 책을 유통하는 것으로 시작했지만 설립한 지 50년이 다 되어 가는 지금은 400군데가 넘는 소규모 출판사의 도서 유통을 책임지고 있다.

SPD는 2016년에서 2017년 사이에 20만 종의 책을 유통하고 200만 달러의 매출을 올렸는데 이 가운데 60퍼센트가 시집 매출이었다. 특히 여성 작가와 유색인 작가 등의 작품에 관심을 기울이며 자체 베스트셀러를 집계해 제공한다. 거래 서점에 제한을 두고 있지는 않지만 온라인 서점이나 독립 서점과 주로 거래하고, 체인 서점과의 거래는 3퍼센트 정도로 아주 적은 비중을 차지한다. 개인이나 도서관과 직거래도 하고 외국 수출도 한다. 이런 조직이 출판 다양성을 보장한다.

"이런 곳 외에 출판사와의 직거래도 중요해요. 출고가 때문이기도 하지만 워낙 거래량이 적어 그보다는 저자 이벤트 등을 진행할 때 도움을 얻기 위해서지요. 작은 출판물만을 유통하는 곳과 하는 거래도, 거의 모든 출판사의 책을 취급하는 거대 도매상과 하는 거래도, 출판사 직거래도 모두 필요해요."

빌리와 이런 대화를 나눈 시점은 빌리가 서점 주인으로 아직 단단해지기 전이었다. 수개월이 지난 요즘은 어떻게 달라졌을까? 서점의 외형은 그대로였다. 그런데 웹사이트가 많이 달라졌다. 존과 크리스틴의 웹사이트가 가게의 존재를 알리는 정도에 그쳤다면 빌리의 웹사이트는 그곳에서 어떤 일이 벌어지는지 아니면 벌이고 있는지 조용하지만 치열하게 알려 주고 있었다.

이벤트를 진행하는 직원, 웹사이트를 관리하는 직원,

SNS를 관리하는 직원이 모두 따로 있어 정기적으로 소식지를 올리고, 이벤트 소식이나 새로 들어온 신간 시집과 헌책을 소개한다. 그뿐 아니라 워싱턴주립대학의 시 창작 및 낭송 프로그램, 지역 작가의 창작 공간인 '휴고 하우스'Hugo House와도 연계해 그곳의 행사를 독자에게 열심히 알리고 있었다. 이성복 시인의 새 시집 번역을 알리는 페이지를 보면서 이 서점이 여전히 세계 각지의 시에 관심을 기울이고 있음을 알 수 있었다.

빌리는 서점을 '대화'라고 했지만 대화의 전제는 '만남'이다. 주택가에 얌전하게 자리 잡은 오픈 북스는 만남을 위해 늘 열려 있고 가만히 앉아서 사람을 기다리기만 하는 게 아니라 사람을 만나러 어디든 간다.

"저는 여기 소유주지만 이곳을 사랑하는 사람이기도 해요. 이곳을 찾아오는 사람과 저는 공통점을 갖고 있죠. 여기 오면 많은 이가 그 공통점을 더 많이 발견하게 될 거에요."

여러 사람이 즐겨 찾는 연예 잡지도, 부가 판매품으로 수익을 올려 주는 카드를 비롯한 문구류나 찻잔이나 기념품도 없지만 이곳에는 시가 있다. 누가 찾아가든 그가 좋아할 만한 시를 기가 막히게 추천해 주는 빌리가 있다. 한국

의 대통령 탄핵 상황에 관해 묻고 비극적인 여객선 사고가
한국인에게 영원히 지워지지 않을 상처가 되었다는 이야
기를 조용히 들어준 빌리는 때로 서로 말하지 않고도 대화
할 수 있음을 알려 주었다.

『피에르 르베르디』Pierre Reverdy

빌리가 추천해 준 책은 프랑스 시인 피에르 르베르디의 시집이다. 깊은 바다색 표지에 시인의 이름과 번역자 이름만 적힌 이 책은 뉴욕리뷰북스 출판사의 'NYRB 시인선' 가운데 하나다.

브라크와 피카소 등이 입체파라는 예술 사조를 이끌 때, 문학에서 선구 역할을 한 피에르 르베르디의 시는 어렵기로 유명하다. 이 시집은 같은 시를 여러 번역자의 번역으로 수록했다. 빌리는 그 덕분에 상대적으로 적은 시편이 수록되었지만 각 번역가의 해석에 따라 미묘하게 의미가 달라져서 시가 입체적으로 느껴진다고 추천평을 곁들였다. 문학을 공부한 원어민이 아니라면 알기 어렵지 않을까 싶어 좀 아쉬웠다. 이 총서는 별다른 디자인 없이 같은 판형에 표지 색만 달리했는데, 나란히 꽂아 두면 예뻐서 소장 욕구를 불러일으킨다.

서점에서
산 책

© DOMO

Book Larder

요리 책만 파는 서점이라니!

'요리'는 이제 어떤 삶의 방식을 대변하는 분야가 된 것 같다. 장을 보고 시간을 들여 요리를 하고 색과 분위기에 맞춰 그릇에 담고 맛있게 먹는 행위가 때로 삶의 질을 보증한다. 제 손으로 농사 지어 수확하거나 낚시로 잡은 재료로 삼시 세끼를 해 먹는 텔레비전 프로그램이 많은 이를 위로하고 전문 요리사가 아닌 연예인이 외국에 가서 식당을 여는 텔레비전 프로그램이나 죽어 가는 동네 골목을 살리기 위해 식당을 재정비하는 텔레비전 프로그램이 보는 이를 꿈꾸게 한다.

이런 세태를 '겨우' 먹는 걸로나 호사를 부릴 수 있는 강퍅한 현실로 읽는 사람도 있지만 어쨌든 모두 살려고 먹고 먹기 위해 사는 것 아니겠는가. 모든 주부에게 그렇듯

북 라더

Book Larder

내게 요리는 애증의 대상이다. 아침 먹고 설거지하고 돌아서서 점심은 뭘 먹나 하루 종일 끼니 걱정을 안겨 준다는 점에서 밉기는 해도 요리는 집안일 중에서 유일하게 창의적인 데다 식구가 맛있게 먹으면 성취감도 느낄 수 있고 할수록 실력이 는다는 점에서 매력적이다. 요리에 재능도 관심도 없는 편이지만 그래도 결혼을 하면 주로 내 일이 될 테니 맡은 일은 잘하고 싶은 모범생 기질이 발동해 혼수 삼아 세상의 모든 요리를 모았다는 요리 책 한 권을 구입했다.

그러나 매일 차려 내는 일상의 밥상은 요리 책 속 요리와 거리가 멀어 친정 엄마의 지도가 더 요긴했다. 그렇게 살림 연차가 쌓여 갈수록 슈퍼마켓에서 쉽게 구할 수 있는 재료를 볶았다 지졌다 데쳤다 튀겼다 하며 한 상을 차리는 일이 그다지 어렵지 않게 되었다. 요리도 결국 응용 과목이라 나물 하나를 무칠 줄 알면 다른 나물 조리법은 따로 배우지 않아도 되고 각종 양념도 한두 가지를 더하고 빼는 차이가 있을 뿐 비슷했다.

관심이 없으면 잘 보이지도 않는 법. 서점 하나를 가득 채울 만큼 다양한 요리 책을 상상해 본 적이 없었는데 요리 책 전문 서점이 시애틀에 있다는 사실을 알고 서점에서 찾아보니 갖가지 상황과 목적, 재료나 계절에 따른 온갖 요리 책이 나와 있었다. 실제로 먹을 만한지는 알 수 없지만 싱싱한 요리 재료가 어울리는 접시에 제각각 선명한 색채를 띠고 놓인 사진만으로도 요리 책을 보는 눈과 마음이 즐겁다.

요리 책을 포함해서 실용서로 분류되는 책을 볼 때마다 양가 감정을 느끼곤 한다. 뭘 해야겠다고 생각하면 일단 관련 책부터 찾아보는 나 같은 사람에게 실용서는 구입했다는 사실만으로도 하고자 한 일의 절반쯤은 해치운 듯 한껏 게을러지게 만든다. 게다가 하나라도 시도해서 내가 실제로 얻은 경험이 책 내용과 별 상관없다는 사실을 알게 되면 그때부터 책은 무용지물이다. 실용서는 죄책감과 만족감 사이를 왔다 갔다 하게 하는 희한한 물건이다.

그럼에도 순전히 구경하기 위해 가끔 요리 책이나 자수, 뜨개질, 드로잉, 꽃꽂이 책 등을 산다. 정성 들인 사진이나 그림이 보기만 해도 기분 좋고 예뻐서 그렇기도 하고, 이렇게 한 후에 저렇게 한다거나 몇 분 동안 어떻게 한다와 같이 단순명료한 명령어를 읽으면 복잡한 생각으로 가득하던 머릿속이 말끔히 정리되기 때문이기도 하다. 무엇보다 그 말대로 하면 책과 비슷한 결과물을 얻을 수 있

북 라더

Book Larder

다니 믿음직스럽다. 특별한 의식 없이 읽다가 전혀 뜻하지 않았던 대목에서 갑작스러운 깨달음을 얻는 것은 덤이다.

그런데도 서점에서 실용서의 자리는 애매하다. 대개는 구색을 갖추는 정도이고 어느 한 분야의 실용서만 갖춘 서점은 상상하기 어렵다. 책이나 책읽기는 소극적이고 내향적인 취미 활동이라 실용서가 추구하는 '일단 하라'의 세계와 거리가 있기도 하다. 그런데 시애틀에 요리 관련 책만을 모아 파는 요리 책 전문 서점이 있다. 처음엔 의아했지만 달리 보면 왜 진작 그 생각을 못했을까 싶기도 하다.

다른 생각이 공존하는 진보와 자유의 도시

북미에는 요리 전문 서점이 샌프란시스코의 옴니보어 북스온푸드Omnivore Books on Food와 캐나다 밴쿠버의 바버라조스 북스투쿡스Barbara Jo's Books to Cooks 두 군데가 있었다. 2011년 북 라더가 문을 열면서 모두 세 곳이 된 셈이다. 옴니보어의 경우는 희귀본과 고서 등에 특화되어 있고 바버라조는 요리 시연이나 요리 교실 등 이벤트가 강점이다. 시애틀의 북 라더는 어느 쪽일까? 북 라더의 소유주인 라라 해밀턴Lara Hamilton의 경력을 살펴보면 짐작할 수 있다.

라라 해밀턴은 커리어의 전반을 마이크로소프트 인력개발팀에서 쌓았다. 대학생 인력 모집에서 리더십 계발까지 직원 채용과 교육 전반을 맡았는데, 그 가운데는 책 관련 행사도 있었다. 그러다 '킴리켓북이벤트'Kim Ricketts Book Events와 인연이 되어 책 행사, 특히 요리와 책 관련 이벤트에 집중하게 되었다. 2003년 설립된 킴리켓북이벤트는 책을 통해 사람과 아이디어를 연결한다는 취지로 설립된 회사다. 처음엔 두 곳 정도의 고객과 일을 시작했지만 규모가 나날이 커졌다.

이 회사의 창업주 킴과 라라의 인연은 '21세기적'이었다. 킴이 마이크로소프트 본사에 요리사를 초청하는 이벤트에 도움을 구하는 트윗을 올렸는데 라라가 그에 화답한 것이다. 토머스 켈러와 데이비드 창 같은 요리사와 함께 일을 하고 난 후, 라라는 커리어를 완전히 바꾸게 되었다. 라라의 열정을 알아본 킴은 라라에게 자신의 회사에서 요리와 책 이벤트를 기획하고 운영하는 일을 맡아 달라고 했다.

라라는 그동안의 커리어를 망설임 없이 내던지고 달려갔다. 요리와 책에 열광하고 사람과 어울리기를 좋아하

북 라더

Book Larder

는 라라에게 완벽한 일이었기 때문이다. 2010년 9월의 일이었다. 하지만 이후 뜻밖의 일이 전개되었다. 킴이 다발골수종과 원발성아밀로이드증이라는 불치병에 걸린 것이다. 킴은 자신의 회사와 요리 전문 서점에 관해 라라와 의논했다. 라라는 킴의 회사를 인수하고 2011년 4월 별세한 킴의 유지에 따라 같은 해 10월에 요리 전문 서점을 열었다.

요리 전문 서점을 열기까지는 아주 짧은 시간이 걸렸지만, 북 라더는 요리와 책에 관한 행사를 기획하고 진행하면서 요리 책 저자는 물론이고 요리사와 관련 업계에 이르는 광범위한 네트워크를 기반으로 만들어져 입지가 탄탄하다. 북 라더가 자리 잡은 곳은 소박한 지역 맛집이 밀집한 지역이기도 하다. 헝거와 델리 도트, 유니다 버거, 나폴리 피자를 맛볼 수 있는 비아트리뷰날리, 시애틀의 유명 샌드위치 가게인 파세오까지.

그뿐만이 아니다. 북 라더가 있는 프리몬트 지역도 이 서점을 특별하게 만든다. 프리몬트는 시애틀 히피 문화의 근거지로 알려져 있는데 매년 6월에 열리는 하지夏至 축제 Fremont Solstice Parade가 유명하다. 시애틀의 여름 날씨는 긴 우기를 기꺼이 견디게 할 정도로 환상적이다. 하지 축제는 그런 여름의 시작을 축하하는 행사로 차가 통제된 대로에서 밝은 햇빛 아래 알몸에 보디페인팅만 한 많은 사람이 길을 가득 메우고 지나간다.

수년 전, 이곳에 살 때 나도 가 본 적이 있는데 화창한 날씨와 자유로운 분위기가 어울린 유쾌한 행사에 금세 동화되었다. 소문으로만 들었던 '날아다니는 스파게티 괴물교'를 만나기도 했다. 장난스럽게 보이지만 글자가 아니면 무엇으로든 자신과 생각을 표현할 수 있다는 이 행사에는 화려하게 꾸민 밀림 코스튬플레이로 위험에 처한 아마존 산림 보호를 간접적으로 보여 주는 사람을 비롯해 정치·사회적 메시지 역시 넘친다.

프리몬트는 이 퍼레이드뿐 아니라 1989년 소비에트 연방이 무너질 무렵 동유럽 어느 도시에서 뒹굴던 것을 가져왔다는 레닌의 동상부터 오로라 다리 아래 놓인 기괴한 트롤까지, 하나로 꿰기에 난감한 온갖 이야기가 가득한 동네다. 트럼프가 집권한 후 2017년 8월, 삼십 년 가까이 프리몬트를 지켜 온 레닌 동상을 철거해야 한다는 트럼프 지지자의 시위로 해프닝이 벌어지기도 했지만 프리몬트는 서로 다른 생각이 평화롭게 공존하는 진보와 자유의 마을임에 틀림없다.

북 라더

Book Larder

북 라더를 찾았을 때는 겨울이고 오전이라 북적이는 분위기는 아니었지만 라라를 비롯한 여러 직원이 분주히 하루를 시작하고 있었다. 서점이 자리한 건물은 1880년대 지어진 건물이라는데 콘셉트인지 서점 로고의 서체를 비롯해 분위기가 고풍스러웠다. 삼십여 평 남짓의 작은 서점임에도 사방을 서가로 두르고 가운데는 낮은 평대만을 몇 개 들여놓아 전체적으로 탁 트인 느낌이었다.

이 서점에 들어갈 때는 배가 안 고프더라도 나올 때는 허기를 주체하기 힘들 거라는 소개를 보았는데 서점에 들어서자마자 서점에 배어 풍기는 달콤하고 고소한 냄새에 곧 배가 고파졌다. 요리 시연 등 크고 작은 행사 때문인지 보통 서점이라면 책을 꽂을 수 있는 서가로 만들었을 평대 아래가 비워져 있고 거기에 접이식 의자가 쌓여 있었다. 서점 정면에 서점의 핵심이라고 할 수 있는 오븐과 인덕션 전기레인지를 갖춘 아일랜드 식탁이 놓여 있다. 부엌이자 강연용 책상인 셈이다.

서점 이름의 '라더'Larder는 식료품 창고를 뜻하는 말이다. 쇼윈도 전면에는 오래된 오븐이 전시되어 있고 쇼윈도에는 다음 달과 그다음 달에 열릴 요리 교실과 요리 시연회, 저자 초대 행사 일정표가 붙어 있다. 문을 연 지 얼마 안된 서점 안을 바쁘게 오가는 점원에게 물으니 1월에는 책을 보러 오는 손님이 적은 대신 요리 관련 행사가 많다고 한다. 서가를 채운 책은 신간뿐 아니라 희귀본이나 고서 등으로 다양하다. 서점 주인인 라라는 자신이 처음 산 요리 책이 무엇이었는지 기억하고 그 책을 여전히 간직하고 있는 요리 책 '덕후'이기도 하다.

이벤트 기획력과 경험, 주제에 관한 헌신과 애정, 방대한 인맥 등 북 라더는 전문 서점이 갖춰야 할 모든 것을 갖추었다. 무엇보다 이 서점이 지향하는 것은 지역을 구심으로 하는 '클럽 하우스'다. 라라는 다른 인터뷰에서 요리 관련 책 이벤트도 재미있지만 서점이라는 장소를 통해 기회를 넓혀 가려 한다고 밝혔다. 식도락가, 요리사, 독자가 한데 모일 수 있는 장소를 시애틀이라는 지역의 특성과 감각을 반영한 장소로 운영하려 한다는 것이다.

지역 요리사와의 적극적인 협업이 그 증거다. 시애틀 지역의 유명 요리사인 이선 스토월이나 '글루텐프리 걸'이라는 유명 블로거에서 저자가 된 쇼나 제임스 어헌, '쿠키 앤드 티'라는 블로그를 운영하는 요리 칼럼니스트이자 편

북 라더

Book Larder

집자인 타라 오스틴 위버 등이 이곳에서 독자와 지역민을 만났다.

동시에 북 라더는 세계적이다. 이 서점을 처음 열 때 라라는 옴니보어와 바버라조 서점을 참고했을 뿐 아니라 영국 런던의 유명한 요리 전문 서점 북스포쿡스Books for Cooks도 다녀왔다. 라라는 자신이 가장 좋아하는 요리 칼럼니스트인 나이절 슬레이터를 초청해 개업 행사도 개최했다.

개업 때 영국 요리 칼럼니스트를 초대한 것으로 짐작했겠지만 라라는 특히 영국 요리 책에 관심이 많다. 영국에 요리랄 게 있나 싶어 고개를 갸웃거렸는데 라라가 관심을 가진 책이 전문 요리사의 책보다 일반 가정집의 구전 책이라는 이야기를 들으니 고개가 끄덕여진다. 아무리 작은 마을이라도 마을 역사를 기록한 기념관을 두어 온갖 잡동사니를 모아 두는 영국 전통을 생각해 보면 구전 요리 책과 영국은 꽤 어울리는 조합이다.

요리 전문 서점 북 라더의 핵심이라고 할 수 있는 부엌이 안쪽 중앙에 보인다. 평소에는 책 진열대로 쓰이지만, 요리 시연이 있을 때는 오븐과 인덕션을 갖춘 아일랜드 키친으로 변신하고, 강연이 있을 때는 강연용 책상을 겸한다. 또한 요리 시연 등 이벤트 때문인지 보통 서점이라면 책을 꽂을 수 있는 서가로 만들었을 평대 아래에 접이식 의자가 쌓여 있었다.

이 서점에는 요리 책을 열렬히 사랑하고 잘 아는 점원들이 있어서 거의 모든 책을 살펴보고 이곳에 둘 책을 엄격하게 고른다. 점원들이 일일이 손글씨로 소개 글을 써서 붙인 요리 책 신간 서가가 그 증거다.

북 라더

Book Larder

총체적인 구매 경험을 극대화하다

이 작은 서점에 라라는 희귀본과 고서 등을 비롯해서 4천여 권에 가까운 요리 책을 섬세하게 진열해 놓았다. 어떤 서가는 초콜릿에 관련된 책으로만 꾸미고 어떤 서가는 버섯 요리에 관한 책으로 꽉 차 있다. 서가 근방에는 요리나 식재료 주제의 카드와 요리법 카드, 요리법 상자 같은 요리 관련 소품을 두어 눈길을 끈다. 카드에 적힌 귀여운 문구를 읽는 것만으로 재밌다. 그래도 서점인데 과연 책은 얼마나 팔릴까, 그걸로 과연 유지할 수 있을까 궁금증이 생겼다.

"제 경쟁 상대는 아마존이 아니에요. 아마존은 가격과 판매량을 기반으로 경쟁하지만 저는 그럴 수도 없고 그렇게 하지도 않아요. 저희가 파는 것은 그들이 파는 것과 달라요. 저희에게는 요리 책을 열렬히 사랑하고 잘 아는 점원이 있죠. 컴퓨터 알고리즘으로 하는 추천보다 독자와 훨씬 인간적인 상호작용을 합니다. 또 모든 책을 다 읽을 수는 없지만 거의 모든 책을 살펴서 저희 나름의 기준을 갖고 여기 둘 책을 고릅니다.

무엇보다 저희 사업의 가장 큰 부분은 요리 이벤트와

저녁 식사예요. 고객은 여기 와서 책을 사고 가끔은 책에 나오는 요리를 저자와 함께 먹는 아주 특별한 경험을 합니다. 요리 시연은 단순히 책을 구매하는 것과는 다른 차원의 총체적인 구매 경험이죠. 요리 책은 배우는 것에 관한 모든 것이고 많은 사람이 직접 배우고 싶어 해요. 우리는 그런 목마른 이에게 기회를 주는 겁니다."

나는 그저 미국 소도시의 작은 서점이라고만 생각했던 이곳에서 만난 거대한 세계에 주눅이 들었다. 작은 독립 서점을 성공적으로 운영하기 위해 갖춰야 할 것이 단지 책에 관한 애정과 공간을 유지할 만한 재정적 뒷받침 정도로 그치지 않는다는 것을 깨달았기 때문이다. 이 서점의 진짜 모습은 요리 시연회나 저자 초대처럼 이 지역민이 함께 모인 자리에서 드러날 것이다.

그 자리를 제대로 느끼고 즐기려면 구경꾼이나 스쳐 지나가는 이방인으로는 충분치 않으리라는 생각이 들었다. 거의 매일 열리는 요리 행사는 이미 몇 달 치가 잡혀 있고 가까운 날짜의 행사는 거의 매진되었다. 서점을 활기차게 운영하는 힘은 적극적인 서점 주인의 역할뿐 아니라 앤티크 요리 책의 가치를 감별할 수 있을 정도의 전문성과 요리를 핵심으로 하는 방대한 인맥, 무엇보다 지역민으로 이

북 라더

Book Larder

곳에 갖고 있는 한없는 애정과 책임감에서 나온다는 것을
깨달았다.

북 라더가 위치한 곳은 시애
틀 지역 히피 문화의 본산지
인 프리몬트다. 백 년쯤 된 건
물에 깃든 북 라더는 작은 서
점이지만 세계와 연결되어 있
다. 이곳 대표 라라 해밀턴은
지역을 구심으로 하는 '클럽
하우스'를 지향한다. 식도락
가, 요리사, 독자가 한데 모일
수 있는 장소, 시애틀이라는
지역의 특성과 감각을 반영한
장소로 이 서점을 운영하려
한다.

Left Bank Books

조합원이 운영하는 전통의 독립 서점을 만나다

레프트뱅크 북스는 시애틀의 대표적인 관광 명소 파이크 플레이스 마켓 입구에서 엎어지면 코 닿을 데 있다. 그냥 수사가 아니다. 마켓의 상징 청동 돼지상의 바로 대각선, 시애틀에 온 사람이라면 반드시 들르는 스타벅스 1호점이 불과 몇 미터 옆에 있다. 내비게이션이 안내하는 대로 서점을 처음 찾았을 때 위치를 확인하고 깜짝 놀랐다. 자본주의의 최전선인 이런 곳에 서점이 있다고? 그렇게 오랫동안? 이게 바로 작은 서점에 통한다는 시애틀의 마법인가?

마켓 입구는 관광객과 관광객을 상대로 하는 기념품 가게로 북새통이지만 이 서점 앞에만 유독 햇빛이 쨍하다. 다른 곳에 비해 사람이 별로 없으니 그림자가 생기지 않아서 그런 모양이라고 혼자 생각했다. 레프트뱅크 북스는 시애틀 진보 진영의 상징이다. 대학가 지구U- District의 레드앤드블랙 북스토어Red and Black Bookstore에서 떨어져 나온 일군의 사람이 1973년부터 파이크 플레이스 마켓 옆에 둥지를 틀었다. 두 그룹은 분리된 채로 레드앤드블랙 북스토어가 1990년대 중반에 문을 닫기 전까지 서로를 지원하며 공존했다.

레프트뱅크 북스의 가장 큰 특징은 개인 소유가 아니라 우리로 치면 조합원이 소유한 서점이라는 점이다. 레프트뱅크 도서조합은 한때 사업 두 개를 벌이며 규모가 커졌다. 하나는 아카 북스AKA Books라는 대학 지구의 헌책방이고 다른 하나는 온라인 책 주문과 책 도매상을 겸했던 레프트뱅크 도서유통Left Bank Distribution이다.

물론 출판이 흥했던 1980-1990년대 이야기다. 지금은 재정적 어려움과 시애틀 도심의 임대 문제로 모두 사라졌다. 살아남은 레프트뱅크 북스는 조합원이 소유하고 실제 일하는 사람에 의해 운영된다. 상급자나 관리자가 따로 없기 때문에 주요 결정은 두 달에 한 번씩 열리는 조합원 회의에서 결정한다. 수년 동안 많은 변화를 겪어 왔지만 레프트뱅크 북스는 시애틀의 진보 그룹의 지원과 외지에서 방문하는 신념에 찬 이들 덕분에 파이크 플레이스 마켓 옆

자리를 지킬 수 있었다.

유급 점원이 여섯 명 정도 있고 이들이 관리자 없이 회계, 도서 주문, 임대료 협상, 홍보, 매장 관리 등을 한다. 그들이 하는 일 중에 자원봉사자를 관리하는 일은 특별히 중요하다. 자원봉사자는 책을 구매할 때 할인 혜택을 받는 것 외에 아무런 보상이 없다. 하지만 나중에 급여를 받는 정식 직원이 되려면 자원봉사 경력이 필수이고 자원봉사를 하면서 독립 서점을 어떻게 운영하는지 배울 수 있다는 점도 또 다른 보상이다.

1973년 아주 작은 서점 조합으로 설립된 레프트뱅크는 1980년대 독립 출판물 유통을 도맡으면서 크게 성장했다. 매년 진보 잡지와 팸플릿 등을 종합한 상품 안내서를 발행해 도서관과 독립 서점, 기타 조직 및 개인에게 주문을 받아 배달해 주는 서비스를 했다. 당시에는 무정부주의와 급진 사상을 담은 책의 가장 방대한 재고를 가지고 핀란드에서 브라질, 일본 등지까지 그런 책을 구하기 어려운 전 세계 어디나 책을 배급했다.

재정적 어려움 때문에 1990년대 후반에는 개인이 재정 책임을 지지 않는 연방 회사로 등록했지만 비영리 조직은 아니다. 출판계 불황과 서점의 체인화가 가속되던 시

시애틀 관광 1번지 파이크 플레이스 마켓에서 대각선으로 열 걸음쯤 떨어져 있는 레프트뱅크 북스는 소유주 없이 조합원이 주체가 되어 운영되는 서점이다. 건물 월세가 얼마나 할지 상상도 안 되는 곳에 서점이, 그것도 베스트셀러 파는 서점도 아닌 서점이 둥지를 틀고 이렇게 오래 갈 수 있는 이유일 것이다.

서점은 크지 않지만 위로 올라갈수록 좁아지는 계단참 양쪽으로 날개처럼 공간이 있어 구석구석 책을 진열해 놓았다.

2층에는 직원이 머물며 서점 운영이나 책 주문 등의 행정 업무를 볼 수 있는 작은 사무실이 있다. 그 옆 창문 밑에는 붙박이 의자를 달고 방석과 쿠션을 두어 잠깐 앉아 책을 뒤적이거나 길거리에 오가는 사람을 구경하며 다락방에 있는 듯한 기분을 만끽할 수 있다.

Left Bank Books
레프트뱅크 북스

기, 여러 독립 서점이 폐업하면서 2001년 레프트뱅크 유통은 결국 문을 닫았다. 영업이익을 위해 출판에 직접 뛰어들수도 있었지만 레프트뱅크는 다른 선택을 했다. 서점 수익과 기부로 부채를 갚아 나가며 버텼지만 어려움이 지속되는 가운데 몇몇 채권자는 연대의 의미로 빚을 포기하기도했다.

그런데도 레프트뱅크는 여전히 자신의 철학과 가치관을 포기하지 않는다. 위계를 가진 조직을 거부하고 비즈니스 운영의 모든 의사 결정을 조합원에게 맡기고 조합원은 이 서점에 관해 동등한 권리와 의무를 진다. 지식과 정보는 독점하는 것이 아니라 나누는 것이라고 믿기 때문이다. 모든 가치가 이익이 되느냐 아니냐에 따라 순위가 매겨지는 세상에서 이들의 고집은 신선하게 느껴졌다.

세상을 바꾸는 싹을 틔우는 타임캡슐

서점에 들어섰을 때 허름한 겉모습과는 달리 쿵쾅대는 프로그레시브 록 음악이 진동해서 깜짝 놀랐다. 손님인지 점원인지 분간이 안 되는 젊은이들이 온갖 색깔로 머리

카락을 염색하고 코찌와 혀찌 등을 한 자유분방한 옷차림을 하고 있었다. 두 개 층으로 나뉜 공간의 층간에는 당시 뜨거운 이슈였던 페미니즘 관련 책이 진열되어 있었다. 미국 여성 소설가에 관한 연대기를 비롯해서 한국에서도 화제가 되었던 치마만다 응고지 아디치에의 『우리는 모두 페미니스트가 되어야 합니다』도 눈에 띄었다.

책의 표지가 보이게 진열된 벽에는 책마다 추천사가 알록달록 붙어 있고 오래된 다락방 같은 느낌의 이층에는 조악해 보이는 엽서 크기의 팸플릿이 총천연색으로 빼곡히 꽂혀 있었다. 온갖 의견과 주장이 와글대는 전시장 같았다. 그들 스스로 이야기하는 것처럼 어쩌면 레프트뱅크 북스는 일종의 타임캡슐인지 모르겠다. 1980년대와 1990년대 미국과 전 세계 진보 출판계에서 어떤 일이 벌어졌는지를 아무런 세팅 없이 현실 그대로 드러내며 아울러 지금 그들이 어떻게 존재하는지를 보여 주는 타임캡슐.

마음속으로 이런 세상에 이런 곳이 지속 가능할까 염려가 생겼다. 서점이 개인 소유가 아니라 어느 정도는 책임감을 느끼는 사람이 모여 함께 운영할 수밖에 없는 이유겠지. 그렇지만 이런 곳이 있어서 세상에는 새로운 생각이 생겨나고 자라 세상을 조금씩 바꾼다. 가끔 아무도 읽지 않는

책이나 세계에서 단 한 사람만 읽은 책을 생각한다. 앞으로
는 그럴 때면 프로그레시브 록이 쿵쿵 울려 대던 이 장소
가 생각날 것 같다.

엽서꽂이에 알록달록 꽂혀 있는 팸플릿들.
이 서점에서는 인종과 성별, 국적 등 다양한
입장을 가진 사람의 목소리를 담은 팸플릿
을 적극적으로 소개한다. 1달러가 안 되는
가격이 붙어 있고, 정식 출판물이라기보다
복사물에 가깝지만 다양한 의견을 가진 사
람이 와글와글 모여서 각자 제 목소리를 내
는 듯 느껴져 보기에 아름답다.

Arundel Books

독립 출판과 독립 서점을 함께 하다

고서점 성격이 강한 '애런델 북스'는 시애틀 도심 중에서도 역사와 전통을 자랑하는 파이어니어 광장 부근 옥시덴틀 공원에 있다. 오래된 건물에 둘러싸인 작은 광장에는 근처 바다에서 날아온 갈매기가 먹이를 찾아 걸어 다니고 군데군데 홈리스가 눈에 띈다. 종종 길거리 음악가도 공연을 펼친다. 갈매기 배설물을 뒤집어쓴 채 광장을 둘러싼 가로등을 따라 눈길을 옮기면 붉은 벽돌 건물에 초록 차양을 드리운 서점이 있다.

벽돌 벽에 남아 있는 담쟁이 넝쿨의 흔적과 광장으로 이어진 돌바닥의 초록색 이끼가 어쩐지 서점과 잘 어울린다. 세로로 길게 탁 트인 창 너머로 천장까지 닿는 책꽂이가 벽을 둘러싸고 있다. 차양이 반 이상 가린 좁고 긴 문은

애런델 북스

Arundel Books

어쩐지 폐쇄적으로 보여 선뜻 들어가기가 망설여진다. 용기를 내 문을 열면 층높이가 높아 시원한 공간이 펼쳐진다. 복층 구조의 이층으로 올라가는 계단을 빼고 벽이 책으로 빼곡한데 어쩐지 괴팍한 책벌레가 사는 중세의 성 같다.

사람의 신장을 훌쩍 넘는 책꽂이가 벽을 둘러 있지만 가운데 공간에는 사람의 허리 높이 정도의 나지막한 평대가 드문드문 놓여 있어서 돌아다니기에 아주 쾌적하다. 평대 위는 유리로 덮인 작은 전시 공간으로 제법 비싼 가격의 헌책이 진열되어 있다. 1933년에 출간된 어니스트 헤밍웨이의 『승자는 허무하다』Winner take nothing 초쇄본은 995달러, 1957년에 나온 잭 케루악의 『길 위에서』 초쇄본은 1,200달러다. 미국식 예의에 관해 에밀리 포스트가 쓴 1920년대 『에티켓』Etiquette 초쇄본은 1,250달러.

미국의 어떤 시기 풍경을 담아서 미국인에게 특별히 의미 있는 책을 구경하며 거니는데 서점 한쪽에 작은 전시장이 눈에 띄었다. 야생동물이나 소박한 풍경을 그린 판화 작품이다. 계산대의 점원에게 물으니 지역 출신 판화가 칼 몬포드의 작품이란다. 칼은 캔자스에 살다 1980년대에 시애틀로 이사를 와서 줄곧 여기서 살고 있다. 작품 활동은 1970년대에 시작했지만 지금까지 일흔 살을 훌쩍 넘도

시애틀 다운타운 가운데서도 오래된 옥시덴틀 공원에 자리한 애런델 북스는 담쟁이 흔적이 선명한 붉은 벽돌 건물에 있다. 좁고 긴 창이 고풍스러움을 더한다. 애런델 북스는 굳이 분류하자면 희귀, 고서본을 파는 고서점이지만 독립 출판을 겸하고 있다.

애런델 북스

Arundel Books

2층에서 내려다본 애런델 북스 전경. 천장이 높은데, 서가가 천장까지 닿아 있어 책을 사랑하는 괴팍한 성주가 사는 중세 성의 느낌이 난다. 직원이 앉아 있는 카운터 옆 키 작은 서가에 약간의 신간이 진열되어 있다. 출입구 바로 옆에 있는 책꽂이에는 애런델 북스가 운영하는 독립출판사 채트윈 북스에서 출간한 책이 진열되어 있다.

칼 몬포드의 작품. 야생 늑대나 올빼미, 나무 등 미국 서부의 자연을 많이 표현했다. 70세가 넘어서 처음 연 전시회에 감회가 남달랐으리라. 고독하게, 그러나 성실하게 작업하는 주름진 손을 떠올린 건 순전히 칼의 나이와 첫 전시회라는 말에 감상에 빠진 탓이다.

애런델 북스

Arundel Books

록 한 번도 개인전을 연 적이 없다고 한다. 점원의 설명에 따르면 애런델 북스는 지역 작가 혹은 지역 예술가와 긴밀한 관계를 맺으며 그들에게 책 출간이나 작품 전시의 기회를 주는 데 책임감을 느낀다. 칼의 전시회도 그런 차원이었다.

애런델 북스는 시집이나 예술서 등을 주로 파는데 서점에는 4천 종에서 5천 종 정도만 진열되어 있고 길 건너에 있는 창고에 8만여 권 정도의 재고를 갖고 있으므로 여기 없는 책이라도 온라인에서 검색해 주문할 수 있다.

이 서점이 특별히 내 관심을 끌었던 것은 독립 출판을 겸하고 있기 때문이다. 이곳 이층에는 한정판 활판 인쇄를 하는 애런델 프레스Arundel Press와 오프셋과 디지털 포맷으로 시집, 예술서, 소설 등을 펴내는 채트윈 북스Chatwin Books가 함께 있다. 이곳 점원은 이들 출판사의 편집자이기도 하단다. 서점 소유주인 필 베비스Phil Bevis는 애런델 프레스의 대표이면서 채트윈 북스의 공동 대표를 겸한다.

2017년 한 해 동안 두 출판사는 총 열두 권의 책을 펴냈는데 렉스 와일더의 시 선집과 잭 그레이브스의 두 권짜리 시 선집, 1983년에 『바다 전망』Seaview이라는 작품으로 '펜/포크너상'을 받은 토비 올슨의 새 소설 등이다. 모두

'아마존'에서는 살 수 없는 책이다. 대중 출판이 아닌 소량 생산이기에 재정적으로 큰 보탬이 된다기보다 애런델 북스가 지키고 싶은 것의 상징 같은 것이리라.

책이 창조되고 인쇄되고 출간되는 곳을 꿈꾸며

필 베비스는 헌책방과 출판으로 잔뼈가 굵은 출판인이자 서점인이다. 그는 1984년 로스앤젤레스 '서점 거리'Booksellers' Row에서 시집과 예술서를 주로 내는 독립 출판사 애런델 북스를 열었다. 네 블록 사이에 모두 스물두 개의 서점이 모여 있어서 '서점 거리'로 불린 이곳에서 출판을 하다가 희귀본 및 고서를 파는 서점을 운영했는데 1995년 시애틀에 2호점을 열었다. 서로 다른 주에서 서점과 출판사를 운영한다는 것이 쉽지 않아 로스앤젤레스 애런델 북스는 25년 만에 문을 닫았다.

베비스의 서점이 지금 자리에 자리 잡은 것은 불과 몇 년 전인 2015년이다. 베비스는 이곳을 지역민과 방문객이 이런저런 이유로 모여들 수 있어 서점으로 최적의 장소라고 생각한다. 거주민과 사무실이 많고, 멀지 않은 곳에 스

애런델 북스

Arundel Books

포츠 경기장이 있다. 계절마다 관광객이 오고 스포츠 팬도 모인다. 하지만 희귀본을 우편으로 주로 거래하는 서점이라는 점에서 의아했다.

장소에 관한 베비스의 생각은 확고했다. 책을 옛날식 수동 활판 인쇄기로 만드는 그는 서점이 단지 책을 파는 곳이 아니라 "책을 착상하고 창조하며 편집해 인쇄하고 출간하는 곳"이길 바란다고 했다. 그가 바라는 것은 다양한 배경의 사람이 많이 드나드는 장소다. 내가 들른 시간이 오전인 까닭도 있겠지만 사람이 하나도 없어서 서점 운영이 걱정되었는데 서점 매출의 90퍼센트는 온라인과 우편 주문이라니 괜히 안도가 되었다.

"저는 책을 좋아하는 사람을 좋아해요. 서점은 내가 누군지 내가 관심 있어하는 게 뭔지에 관해 이야기를 해도 안전한 몇 안 되는 장소죠."

베비스는 매체와의 인터뷰에서 '안전'에 관해 털어놓았다. 2001년 8월경에 연방 수사국FBI에서 눈에 띄는 고객의 몇 년 치 수서 목록을 요구한 적이 있었다. 베비스는 이를 거절했다. 덕분에 1년 6개월 치 수익을 법적 비용으로 물어야 했지만 문제는 거기서 일단락됐다. 고객이 무엇을 읽든 어떤 질문을 하든 그게 무슨 문제냐며 "저는 서점이 누구나 무엇을 요청하거나 묻든지 거리끼지 않아도 되는 공간이길 바라요"라고 했다.

　개업 이십 년, 다섯 번의 이주 끝에 지금 자리에 이른 애런델 북스의 모토는 '일반 독자와 수집가 모두를 위한 책'Books for Readers and Collectors이다. 희귀본과 절판본 판매가 수입의 주를 이루지만 베비스는 대량 출판의 페이퍼백이든 헤밍웨이나 포크너, 스타인벡의 초판본이든 그 가치는 똑같다고 믿는다. 그래서 애런델 북스는 과학기술 분야에서 판타지까지 모든 책을 다룬다. 하지만 역시 중심은 시, 시각예술, 문학, 희곡 등에 맞춰져 있어 전국에서도 이 분야로 가장 방대한 컬렉션을 자랑한다.

매력이라는 연단을 딛고 모두가 읽는 곳을 꿈꾸며

　서점 이름은 어디서 유래한 걸까? 여기에는 재미있는 사연이 있다. 로스앤젤레스에서 출판을 시작했을 때 베비스는 캘리포니아대학 로스앤젤레스 캠퍼스UCLA 도서관과 연계하여 제본 수업을 진행했는데, 수업 첫날 제본에 쓸 책을 찾다 서점에서 우연히 책 한 권을 발견했다.

애런델 북스

Arundel Books

"제본할 책을 찾으려고 서가를 어슬렁거리는데 제본이 안 된 책이 딱 한 권 있더라고요. 거의 육백 쪽이나 되는 두꺼운 책이었어요. 책을 꺼내자 저절로 이백사십 쪽이 펼쳐졌는데 그 맨 윗줄에 '베비스 경'Sir Bevis이라고 쓰여 있는 거예요. 누군가 못된 장난이라도 친 것처럼 뒷머리가 쭈뼛 섰어요. 주위를 둘러보았지만 서점엔 아무도 없었죠."

그렇게 읽기 시작한 이야기는 노르만 군대와 싸우다 전사한 영국 귀족 베비스 경의 삶을 담은 아서왕풍의 중세 서사시였다. 이야기 속 베비스 경은 영국에서 '애런델'이라는 이름의 신비한 말을 타고 바다를 가로질러 전장으로 갔다. 베비스 경의 이야기는 프랑스 유명 서사시『롤랑의 노래』에도 등장한다. 어쩐지 고서점에 어울리는 이름이다.

베비스는 "무엇보다 바다를 가로지른 말이라는 게 제 나이 스물셋의 야심에 잘 어울리는 탈것이었죠"라고 농담했다. 서점 매출 대부분이 매장에서 생기는 건 아니면서도 그는 서점이라는 공간을 아주 중요하게 여겼다.

"저희 서점도 그렇지만 요즘은 집 소파에서도 책을 살 수 있죠. 그러니 서점에 꼭 와야만 하는 이유를 독자에게 만들어 주는 것이 중요해요."

전시 공간을 만들어 거의 한 달에 한 번꼴로 활발하게 전시를 기획하고 수동 활판 인쇄기를 서점에 둔 이유이기도 하다. 서점에는 아주 특별한 상설 전시물도 하나 있는데 바로 '찰스 부코스키 연단'이다. 역시 특별한 사연이 있다. 그가 로스앤젤레스에서 학창 시절을 보낼 때 길을 걷다가 찰스 부코스키의 야외 낭송회를 보게 되었다.

검은 베레모에 코카콜라를 들고 있던 옆 사람이 베비스에게 "그의 책은 파파바흐Papa Bach Bookstore에 있어요. 빨리 가 봐요!"라고 속삭였다. 베비스는 당장 서점으로 달려가 부코스키의 『우체국』과 『여자들』을 사서 밤새 읽었다. 십 년 후 애런델 북스는 파파바흐 북스토어에서 찰스 부코스키가 낭송회를 했던 나무 연단을 얻었다. '매력'mojo 이라고 새겨진 연단은 애런델 북스 20주년 기념행사를 비롯해서 특별한 일이 있을 때마다 쓰인다. 부코스키에서 당대 작가까지 시대와 장소를 초월한 대화의 매개물인 셈이다.

지금도 애런델 북스 한편에는 부코스키 작품이 빼곡히 꽂힌 연단이 상설 전시되어 있다. 부코스키의 작품을 사랑하는 사람에게도 특별하게 느껴지겠지만 베비스가 이 연단을 특별하게 생각하는 이유는 따로 있다. 어떤 대화와

애런델 북스

Arundel Books

고가의 초판본. 1933년에 출간된 헤밍웨이의 『승자는 허무하다』 초판본은 995달러이고, 잭 케루악의 『길 위에서』는 1,200달러다. 미국 헌책 시장의 초판본 가운데는 비트제너레이션이라고 불리는 작가의 책이 압도적으로 많다.

이 서점의 상시 전시물인 찰스 부코스키 연단. 이 서점의 소유주 필 베비스는 캘리포니아에서 학교를 다닐 때 우연히 길거리에서 찰스 부코스키의 시 낭송회를 만난 인연으로 부코스키의 책에 빠져들었고, 부코스키가 낭독회를 했던 연단을 얻어 이곳에 가져다 놓았다. 베비스는 이곳 서점이 사람들에게 이런 우연한 책과의 만남, 그래서 맺어지는 특별한 인연을 선물할 수 있길 바란다.

경험은 실제 장소에서 이뤄져야 한다는 것이다. 자신이 길 거리에 우연히 부코스키의 시 낭독을 마주친 것처럼 말이다. 그게 서점을 유지하기 위해 베비스가 매달 비싼 월세를 지불하는 이유다.

베비스는 요즘 자신과 함께 시애틀 도심에 1980년대 로스앤젤레스의 '서점 골목' 같은 것을 만들 서점 종사자를 찾고 있다. 근처에 고서점인 글로브 북스토어The Globe Bookstore와 낡은 고서, 희귀본을 수리·제본해 주는 아르스 옵스큐라 제본소Ars Obscura Bookbinding & Restoration Co.가 있으니 아예 기반이 없지는 않다. 안타까운 점은 얼마 전까지 멀지 않은 곳에 있었던 시애틀미스터리 북숍이 폐업했다는 사실이다. 다행히 이전한 피터밀러 서점은 옥시덴틀 공원에서 한 블록 떨어져 있지만 워낙 개성이 강한 서점이라 잘 모르겠다. 하지만 베비스의 생각은 확고하다.

"서점은 경쟁하기보다 한데 모여 시너지를 내는 드문 업종이에요. 고가의 희귀본이나 절판본을 취급한다고 저희 서점을 어려워하는 사람이 있는지 모르겠지만 모든 이를 위한 서점이 되고 싶어요. 뭘 물어도 편안한 그런 서점, 책에 관해 이야기할 수 있는 허물없는 자리가 되었으면 해요. 우주선이 그려진 책이나 미하일 불가코프, 무라카미

애런델 북스

Arundel Books

하루키에 관해 물어보는 사람이 모두 똑같아요. 너무 심각
할 필요가 없어요. 핵심은 모두 '읽는다'는 거죠."

그동안 서점 자체에 집중하느라 그걸 잊고 있었다. 모
두가 서점에 왜 가는지 그 본질 말이다. 모두들 읽기 위해
서 간다. 무엇을 읽든 베비스의 말대로 상관없다. 우린 모
두 무언가를 읽고 그 안에서 내 삶과 타인의 삶을, 세상을
발견한다. 읽은 사람은 모두 읽은 것에 관해 이야기하고 싶
어 한다. 베비스는 각기 다른 서점이 한데 모여 그런 일을
할 수 있을 거라 기대한다. 더 많으면 더 재미있어진다고
믿는 베비스의 기획이 부디 성공했으면 좋겠다.

『다 끝나 간다』This thing is about to end

　애런델 북스에는 신간이 있긴 하지만 카운터 앞에 단
몇 종만이 진열되어 있는데, 대부분 채트윈 북스의 책이다.
희귀본은 비싸기도 하거니와 내게는 별로 의미가
없어서 무엇을 살까 망설이는데, 마침 편집자가 직접
이 책을 권했다.

서점에서
산 책

　글보다 사진이 많아 감정적·직관적으로
분위기를 느낄 수 있다는 것도 한몫했다. 바랜 것 같은
초록색, 얼굴을 모로 돌린 채 누워 있어서 표정을 알 수
없는 인물이 어우러진 표지에서 알 수 없는 비애감이
느껴졌다. 편집자의 이야기로는 사진 작업을 하는 저자
캔디스 도열이 교도소에 수감된 부모님에게 받은 편지와
불우했던 어린 시절 이야기를 자신의 사진과 함께 엮은
책이라고 했다.

© DOMO

+

지난해 내가 방문하고 몇 개월 후, 애런델은 바로 옆 골목으로 이사했다. 사람이 북적이는 옥시덴틀 공원보다 입지도 아쉬워졌고 규모도 더 작아졌다. 필 베비스가 꿈꾼 서점 거리의 포석일까? 고서점 글로브 북스토어 바로 옆이고, 한 블록 떨어진 곳에는 이전한 피터밀러 북스가 있다. 규모는 절반 이하로 작아졌지만 다운타운의 오래된 건물의 천장은 여전히 높고, 오래된 책이 위까지 차곡차곡 꽂혀 있다.

하지만 변화도 눈에 띄었다. 가장 두드러진 변화는 신간이 늘었다는 사실. 서점 입구에 들어서자마자 정면에 있는 매대에는 신간이 진열되어 있었다. 매리 올리버의 시집과 무라카미 하루키의 작품이 많았고, 한강의 『채식주의자』도 보였다. 입구 쪽 벽면 하나뿐이긴 하지만 전시 공간 역시 여전했다. 내가 방문한 6월에는 다양한 팝업북을 특별 전시하고 있었다.

마침 자리를 지키고 있던 필 베비스를 만나 이야기를 나눴다. 지난해 방문했는데, 일 년 만에 이사를 했다고 했더니 서점의 상황이 과거에는 5년 정도를 주기로 바뀌었지만 점점 그 기간이 짧아지더니 요즘은 불과 몇 달이면 바뀐

애런델 북스

Arundel Books

다고 했다. 함께 운영 중인 독립 출판사 채트윈 북스에 대해 묻자 신간이라며 『책 수집의 현재』Book Collecting Now를 건넸다.

"이건 아직 배본하기 전에 언론사에 보내려는 교정본이에요. 고서 수집의 현재를 통해 고서 수집이 어떻게 변화했는지 담고 있어요."

그의 말에 따르면 과거의 고서 수집은 고서수집가가 이미 만들어진 목록을 따라 마치 미션을 수행하듯 책을 사 모으는 식이었지만, 지금은 훨씬 사적이다. 외부에서 가치 있다고 정한 기준보다 개인적으로 흥미로워하는 책을 사 모은다고 한다. 가령 '19세기 여성 작가의 책' 같은 식으로 말이다.

"지난해 희귀 고서 도서전에 갔을 때 그런 변화를 느꼈죠. 특히 사십 대 젊은 여성이 새로운 수집가로 부상하고 있었고요."

지난해 시애틀에서 열린 희귀 고서 도서전이라면 나도 갔다. 손님이 드물어 분위기가 을씨년스럽고 책을 파는 사람도, 구경하러 온 사람도 모두 나이 든 사람이라 헌책에 관심을 갖는 사람이 어떤 사람인지, 그런 취미가 누구를 위한 것인지 아는 양 굴었는데, 보는 이에 따라 이렇게 다르다.

    필 베비스의 시애틀 '서점 거리' 프로젝트는 진행 중이지만 아직 가시화한 것은 없단다. 변화가 계속되고 그 변화가 비관적으로 흘러감에도 불구하고 자리를 옮겨 가며, 함께할 사람을 찾아 가며, 스스로 의미 있다고 여기는 책을 만들고 팔며 수십 년 동안 여전히 책 곁을 지키고 있는 사람들, 그들 덕에 내가 좋은 책을 만나고 있다.

애런델 북스

Arundel Books

The Elliott Bay Book Company, Secret Garden Books, The Third Place Books

엘리엇베이와 시크릿가든을 제외한 이유

식당 한구석에 컴퓨터를 펼쳐 두었더니 가끔 단골손
님이 무슨 일을 하느냐고 물었다. 그다지 많은 사람이 묻지
는 않았다. 시애틀 독립 서점에 관해 쓰고 있다고 하면 열
에 다섯쯤은 엘리엇베이 북컴퍼니에 가 보았느냐고 물었
다. 가긴 했지만 책에 소개하지 않을 거라며 쓰고 있는 서
점 이야기를 하면 흥미로워하긴 했지만 아는 사람은 별로
없었다.

자신이 사는 지역에 있는 서점이 아니어서 그렇기도
하겠지만 이곳 보통 사람에게 서점이란 엘리엇베이나 반
스앤드노블이다. 한국 사람에게 서점이 교보 문고이듯이
말이다. 어떤 식으로든 여러 사람 입에 많이 오르내리거나
베스트셀러를 쉽게 살 수 있는 곳, 모처럼 시간을 내 아이

엘리엇베이 북컴퍼니
The Elliott Bay Book Company

시크릿가든 북스
Secret Garden Books

서드플레이스 북스
The Third Place Books

온라인 책방이 아닌 이상, 서점은 세상의 모든 책을 갖출 수 없다. 그래도 욕심껏 책을 쟁여 두고 싶은 게 서점의 마음이고, 그래서 늘 공간이 아쉽다. 엘리엇베이는 이 욕심을 과감히 버리고 키 낮은 서가를 놓고, 사람들이 부딪히지 않고 오갈 수 있도록 통로를 넓게 잡았다. 서가마다 주렁주렁 붙어 있는 책 추천사는 점원들이 그 책을 어떻게 읽었는지, 왜 좋은지를 포스트잇에 직접 쓴 것으로, 사람들이 수많은 책 사이에서 길을 잃지 않고 책을 고르도록 도와준다.

들을 데려가 아이와 어른이 원하는 책을 어렵지 않게 찾을 수 있는 곳, 책 외에 카드나 문구 같은 것으로 눈요기도 할 수 있는 곳 말이다.

시애틀 도심 가운데서도 엘리엇베이 북컴퍼니는 15만 종의 책을 보유하고 있으며 베스트셀러와 문학상 수상작이 보기 좋고 찾기 좋게 잘 진열되어 있다. 1973년 메인 스트리트에 처음 세워진 뒤 자리를 한 번 옮겼지만 2009년 이후로는 캐피톨힐에서 역사를 이어가고 있다. 점원이 일년에 네 번 전문적인 리뷰를 만들고 점원의 추천 도서를 진열해 개성을 더하고 있다. 평일에는 밤 열 시까지, 금·토요일에는 열한 시까지 문을 열어 일과 중에 서점을 찾기 어려운 사람에게도 편의를 제공한다.

고풍스러운 건물에 창이 많고 서가 사이가 널찍해서 여유 있게 책을 구경할 수 있고 서점과 함께 있는 카페는 깔끔하고 분위기가 좋으며 고급스러운 음식을 제공한다. 지역의 가장 큰 독립 서점이라는 지위 덕분에 다른 작은 서점이 할 수 없는 저자 이벤트도 활발하게 연다. 이 지역 출신 저자는 물론이고 버락 오바마, 빌 클린턴 등 전직 대통령을 비롯해 힐러리 클린턴, 아룬다티 로이, 무라카미 하루키, 이사벨 아옌데 등 세계적인 작가를 초대한다. 2011

엘리엇베이 북컴퍼니
The Elliott Bay Book Company

시크릿가든 북스
Secret Garden Books

서드플레이스 북스
The Third Place Books

년 『엄마를 부탁해』가 화제가 되었을 때 소설가 신경숙도 이곳에서 낭독회 겸 사인회를 열기도 했다.

여러 서점이 어려움을 겪을 때 함께 어려운 시기를 겪었지만 지금은 착실히 매출이 올라 독립 서점의 모범 사례로 꼽힌다. 서점이 자체적으로 생존하기 위해 필요한 모든 조건을 이 서점이 갖고 있음을 인정하지 않을 수 없다. 어쩌면 보통 사람에게 서점은 이런 곳이어야만 하는지 모른다. 모처럼 시간을 내서 들렀을 때 다양한 책을 살펴보고 마음에 드는 책 한두 권을 골라 카페에 들러 뭔가 뿌듯한 기분을 느낄 수 있는 곳.

몰랐지만 자신이 좋아할 만한 책을 발견하게 만드는 작은 서점, 점원과 친밀한 관계를 만들어 가는 동네 서점은 이상적이다. 하지만 주인의 개성이 드러나는 서점의 책 선정과 추천을 구별할 수 있을 만큼 자신의 책 취향이 분명한 독자는 얼마나 될까? 내게 맞는 책의 추천을 요청할 만큼 적극적인 사람은 또 얼마나 많을까? 보통 사람에게 서점은 여전히 재미보다 의미로 존재하는 세계다. 그런 생각을 하면 어쩔 수 없이 조금 슬프다.

시애틀의 또 다른 독립 서점 시크릿가든 북스도 같은 이유에서 제외했다. 지역민의 알뜰한 사랑을 받고 있지만 작은 서점이 가진 개성이 충분히 드러나지 않았다. 서점에 들어서자마자 왼쪽에 보이는, 기대 앉은 커다란 곰 인형은 이 서점이 아이를 동반한 가족 단위의 고객과 미래의 고객인 어린이를 환영한다는 사실을 보여 주었다. 입구에 가지런히 쌓아 둔 독서 모임 선정 도서는 지역민이 모여 만드는 독서 모임을 상상하게 한다.

이 서점이 자리 잡은 발라드 지역은 바다와 호수를 모두 접한 곳이라 연어와 조개가 많이 나서 일찌감치 북유럽 이민자가 많이 정착한 지역이다. 먹을 것이 많은 곳이어선지 1900년대 초부터 인구가 빠르게 늘어 한때는 워싱턴에서 일곱 번째로 큰 도시였다. 이렇게 화려했던 과거가 남아 오래된 분위기가 있지만 널찍한 길이 사통발달로 펼쳐져 있어서 과거의 영광을 짐작할 수 있다.

서점이 있는 길을 따라 돌아다니면 갈 만한 음식점과 갤러리, 지역 커피숍과 작은 상점이 늘어서 있다. 모두 오래된 건물이다. 시크릿가든은 1977년 문을 열어 2017년에 40주년 행사를 열었고 주변 상점도 그런 역사를 가진 곳이 적지 않다. 한 지역 안에 오래 뿌리내려 이젠 하나의 이정표가 된 서점. 출판 환경과 책 소비 행태가 바뀌면서 새로운 서점이 생겨나고 있지만 이런 서점이 하나쯤 있다면 든

엘리엇베이 북컴퍼니
The Elliott Bay Book Company

시크릿가든 북스
Secret Garden Books

서드플레이스 북스
The Third Place Books

40년 동안 한자리를 지켜 온 시크릿가든 북스. 그 입구에는 이렇게 북클럽 선정 도서가 배치되어 있다. 친근한 지역민이 함께 만드는 북클럽을 상상하면 동네가 갑자기 아름다워진다.

든할 것이다.

엄마가 갔던 서점을 아들이 가고 아버지가 읽었던 고전의 새로운 판본을 딸이 같은 서점에서 사 읽고, 언제든 서점에 가면 아는 얼굴을 한둘쯤은 만날 수 있고, 서점을 약속 장소 삼아 친구를 만나고 근처의 카페와 작은 가게를 돌아보는 휴일의 일상을 그려 보니 익숙해서 안전하고 따뜻한 마을의 풍경이 그려진다. 지금 시작해서 사십 년 이상의 역사를 바라보는 서점이 되려면 어떻게 해야 할까. 역시 돈이 많아야 할까. 이런저런 생각을 하게 됐다.

서드플레이스 역시 제외하다

퀸앤 북컴퍼니에서 들었던 서드플레이스 북스는 독립 서점으로 단기간에 지점을 세 곳이나 낼 정도로 성공했다는 점이 마음에 걸려 제외했다. 이 서점의 명칭은 사회학자인 레이 올덴버그가 자신의 저서 『참 재미있는 장소』 The Great Good Place에서 이야기하고 로버트 퍼트넘이 『나홀로 볼링』에서 언급한 사회 환경으로서 '제삼의 장소'에서 가져온 것이다.

엘리엇베이 북컴퍼니
The Elliott Bay Book Company

시크릿가든 북스
Secret Garden Books

서드플레이스 북스
The Third Place Books

이 책들에 따르면 사회적 동물로서 인간에게는 일상적인 사회 환경인 가정과 직장 또는 학교 외에 제삼의 장소가 필요하다. 올덴버그는 카페, 교회, 클럽, 공공 도서관, 공원 등을 예로 들면서 시민사회에서 민주주의와 시민 참여 등에 이 제삼의 장소가 아주 중요하다고 말한다. 제삼의 장소는 공동체 생활 영역과 창의적인 소통을 더 넓히고 강화하는 '닻' 같은 것이다.

올덴버그는 제삼의 장소 특징으로 이용료가 무료이거나 저렴할 것, 꼭 필요한 사항은 아니지만 음식과 음료가 구비되어 있을 것, 많은 사람이 걸어서 접근하기 좋을 것, 자주 모이는 정기 방문자, 편안하고 따뜻한 분위기, 새로운 사람과 오래된 사람이 함께할 것 등을 꼽았다. 서드플레이스 북스는 아이디어와 책을 중심으로 한 공동체를 만들어 보겠다는 야심(!)으로 1998년 레이크포레스트파크에 처음 문을 열었다.

서점 곁에는 커피와 음료를 즐길 수 있는 비오스 카페가 있고 패스트푸드가 아닌 모든 서비스를 제공하는 레스토랑은 서점 뒤편에 자리 잡았다. 퇴근 후 서점을 배회하다 친구를 만나 가볍게 술잔을 기울일 수 있는 서드플레이스 술집도 서점과 카페 사이에 생겼다. 그 후 비슷한 형태로 같은 이름의 서점이 2002년에 라베나, 2016년에 수어드 공원에 연이어 문을 열었다.

　신간과 헌책을 포함해서 거의 20만 종에 이르는 책을 구비한 이 서점은 엘리엇베이와 마찬가지로 밤늦게까지 여는 긴 개장 시간이 장점이다. 부담 없이 서성이며 책을 마음껏 구경할 수 있고 우연히 이벤트에 참석했다가 관심 있는 다른 행사를 체크해 적극적으로 참여할 수도 있다. 일 년에 900회를 웃도는 기획 행사 횟수 덕이다. 때로는 함께 모여 텔레비전으로 축구 경기를 보며 이웃과 웃고 말하고 세상이 어떻게 돌아가는지 듣는다.

　그렇게 보면 서점은 올덴버그가 말한 제삼의 장소 요건에 딱 들어맞는다. 책을 꼭 사지 않아도 자유롭게 둘러볼 수 있으니 입장료가 없는 셈이고 근처의 카페와 바에서 술과 차, 음식을 먹을 수 있으며, 독서 모임과 소식지, 이벤트 등을 통해 정기 방문자를 유인한다. 동네 주민과 모처럼 마음먹고 멀리서 온 손님이 한데 어울리니 단골손님과 새로 오는 손님이 자연스럽게 모인다.

　사람을 모아 지역 공동체를 더 강하게 만드는 장소가 되는 것이 서드플레이스의 야심이다. 그래서 강력한 와이파이 인터넷과 소규모 모임이 가능한 장소를 제공하고, 동

엘리엇베이 북컴퍼니
The Elliott Bay Book Company

시크릿가든 북스
Secret Garden Books

서드플레이스 북스
The Third Place Books

서드플레이스 북스 안쪽에는 독자로부터 헌책을 매입하는 공간이 있는데, 규모가 제법 크다. 이곳 옆에는 희귀본이나 사인본을 파는 서가가 마련되어 있다.

시에 일 년이면 1천 개 가까운 행사를 연다. 이렇게 할 수 있는 이유는 레이크포레스트파크시市 당국과 소상공인 협회 등의 적극적인 지원과 협조 덕이다. 특히 2005년 설립한 '서드플레이스 공동체 친구들'Friends of Third Place Commons이라는 펀드 모금을 통한 물적 지원이 든든한 밑받침이 되었다.

일 년이면 수만 달러의 펀드를 모을 수 있고 지역사회 전체가 자부심을 가득 담아 심적 지원을 아끼지 않는다는 이곳의 배경을 알고 나면 소유주가 개인인 독립 서점이 혼자만의 힘으로 살아남을 수 없다는 사실을 더 확신하게 된다. 이 서점을 시애틀 독립 서점 목록에 넣지 않은 이유다. 어쩌면 미국이 한국처럼 작고 끈끈한 나라가 아니기에 서점이 구심이 되어 지역 공동체를 강화하는 장소의 필요와 당위에 더 절박하게 공감할 수 있는 것은 아닐까?

엘리엇베이 북컴퍼니
The Elliott Bay Book Company

시크릿가든 북스
Secret Garden Books

서드플레이스 북스
The Third Place Books

더하는 글 1:
시애틀의 헌책방

헌책방의 존재 가치는 무엇인가

세상 어느 곳에나 헌책방은 있다. 저작권료의 치외법권 지역으로 출판생태계를 교란한다며 종종 눈칫밥을 먹지만 책이 단지 잘 팔리는 상품으로만이 아니라 더 많은 사람에게 읽혀 널리 퍼지는 데 더 큰 의미가 있다면 헌책방의 존재 가치는 충분하다. 헌책방에 관해 인상적으로 기억하는 구절이 두 개 있는데, 하나는 일본의 장서가 오카자키 다케시와 작가 가쿠다 미쓰요가 함께 쓴 『아주 오래된 서점』에 나온다.

"헌책방에 진열된 책은 모두 가게 주인이 자기 돈으로 사들인, 반품할 수 없는 상품뿐이다. 더러워지거나 표지가 찢어져 팔리지 않으면 그 손실은 주인이 뒤집어쓴다. 당신이 돈을 내고 자신의 물건으로 만들기 전까지 헌책방 책장에 진열된 책은 모두 헌책방 주인의 재산이자 소유물이다. 주인의 장서라고도 할 수 있다."

신간을 주로 다루는 서점은 도매상이나 출판사에서 책을 위탁받아 판매하기 때문에 팔리지 않으면 반품해 버리면 그만이지만 헌책방의 책은 손님이 돈을 내기 전까지는 헌책방 주인의 재산이다. 앞에 이용한 말은 헌책방의 책을 소중히 다루라는 당부를 하기 위해 쓴 것이지만 내겐 깨달음을 주었다. 저자들은 일반 서점도 마찬가지라며 요즘 손님의 매너가 두드러지게 나빠진다는 세태평을 덧붙이기는 했다.

헌책방 책이 서점 주인의 장서이기도 하다는 말은 책이 서점 주인과 각별한 관계를 갖고 있다는 뜻이다. 누군가에게 또는 어딘가에서 책을 살지 말지 결정하는 것에서 얼마를 주고 살지, 판매액은 얼마를 책정할지 결정하는 것까지 주인 몫이다. 실내 책장 깊숙이 진열할지, 균일가 야외 판매대에 둘지 모든 단계마다 책방 주인은 책을 들고 생각에 잠길 것이다. 그렇게 생각하니 헌책방의 책이 예사로 느껴지지 않았다. 설사 그 책이 흔하디흔한 한때의 베스트셀러였다고 해도 말이다.

시애틀에도 헌책방이 여럿 있다. 독립 서점을 다니는

김에 헌책방도 함께 돌아보았다. 대부분의 헌책방은 대학가에 자리 잡고 있었다. 매출 하락과 함께 존재 가치를 의심받고 있는 책이 누구에게 가장 긴요한 소비재인지 알 듯했다. 가장 인상적인 서점은 오필리아 북스Ophelia's Books였다. 가까운 곳에 요리 전문 서점 북 라더가 있는 프리몬트 지역이다. 서점은 낮은 건물이 이어지는 비교적 좁은 골목에 자리 잡고 있다. 근처에 시애틀 퍼시픽대학이 있어 내가 방문한 오전에도 학교 가는 길에 들른 듯 보이는 젊은 청년 한둘이 서가를 살펴보고 있었다.

문을 열자마자 보이는 계산대에 갇힌 듯 앉아 있던 중년의 주인은 긴 머리를 자연스레 풀어헤치고 샌드위치를 먹는 중이었다. 아침 일찍 서두르느라 아침을 거른 모양이었다. 사람이 들고 나는 것에 신경을 쓰지 않고 책을 뒤적이며 샌드위치를 먹고 있어서 어쩐지 나른해 보였다. 헌책방은 언제나 책 보관이 문제다. 모든 서점이 그렇겠지만 어느 정도 기간 동안 팔리지 않으면 책을 반품할 수 있는 일반 서점에 비해 사들이는 속도가 팔리는 속도를 따라잡지 못할 경우 헌책방은 보기 좋은 진열과 거리가 먼 창고가 되기 십상이다.

이 서점은 애초에 그렇게 지어진 건물인지 용도에 맞

게 고친 것인지 모르겠지만 복층이 있어 책을 들여놓을 수 있는 공간은 더 넓고, 낮아진 천장 덕분에 분위기는 더 아늑했다. 한가운데 놓인 나선형 계단은 지하로 이어진다. 지하 역시 책으로 빼곡한 서가가 사람 하나 지나다닐 정도의 통로를 남기고 나란히 서 있다. 깔끔한 분위기보다 효과적인 수납이 목표인 듯 틈이 있는 곳마다 작은 책꽂이가 숨겨져 있다.

책 수납에 목숨을 건 것처럼 보이는 이곳의 호사라면 복층 한편에 무심하게 마련된 응접 세트다. 십 년은 된 듯 낡은 초록색 벨벳 소파와 일인용 가죽 소파에, 탁자 위에도 아래에도 책 몇 권이 놓여 있다. 거기 앉아서 주위를 가만히 둘러보면 모자를 쓴 마네킹 머리처럼 맥락을 알 수 없어서 꼭 팝아트 같은 장식품이 곳곳에 있다. 이런 걸 과연 장식품이라고 할 수 있을지 잘 모르겠지만 아마도 주인에게는 각별한 추억이 깃든 것이겠지.

하기야 헌책방이란 본디 그런 곳이 아니겠나. 수많은 사람의 추억과 시간이 깃든 책이 새 주인을 기다리며 거주하는 공간. 미스터리를 푸는 기분으로 그런 물건을 보고 있으면 재미있는 이야깃거리 한두 가지는 금방 만들어질 것 같다. 이 서점을 특별하게 만드는 것은 또 있다. 통통한 고양이 한 마리와 토끼 두 마리다. 셋 다 몸집이 남다른데 토끼 두 마리는 지하의 작은 우리 안에 살고, 서점 안을 헤집고 다니는 고양이는 얌전하지만 카메라만 들이대면 재빨리 자리를 옮겨 번번이 사진 찍을 타이밍을 놓쳤다.

서점 주인은 원래 고양이 남매가 있었지만 남동생이 어찌나 고약하게 구는지 누나인 클라우디아만 남아 있다고 했다. 이 서점에 한 번이라도 들른 사람이라면 고양이와 토끼에게 마음을 빼앗긴다. 서점을 찾은 이가 남긴 방문기에 토끼와 고양이 이야기가 빠지지 않는 것만 봐도 알 수 있다. 실용성으로만 따지자면 헌책방의 핵심은 얼마나 다양한 책을 갖고 있는가와 살 때와 팔 때 모두에 적용되는 공정한 책값이겠지만 고양이나 토끼가 서점을 기억하게 만든다.

고양이와 토끼가 이끄는 낯선 장소에서 삶 속으로

1997년에 문을 연 오필리아 북스는 아무래도 시애틀 헌책방 선배인 트와이스솔드테일스Twice Sold Tales에서 영감을 얻은 듯하다. 대학 캠퍼스에서 헌책 노점을 하다

1987년 처음 점포를 얻은 이 서점은 몇 번의 이전 끝에 시애틀 도심의 대표적인 대학가인 캐피톨힐에 자리를 잡았다. 같은 이름으로 발라드 지역(시크릿가든 북스에서 가깝다)에 지점 하나를 더 열었을 만큼 안정적으로 운영되고 있는데 이 서점의 간판스타가 고양이 네 마리다.

웹사이트(www.twicesoldtales.com)에 접속하면 저마다 개성이 뚜렷한 고양이 슈무, 하디, 리루, 엘리노어가 먼저 우리를 반긴다. 맏이인 슈무는 2005년부터 2016년까지 십일 년 동안 트와이스솔드테일스의 터줏대감 노릇을 해왔다. 책꽂이마다 눈길이 닿는 곳마다 마치 책의 수호신처럼 고양이가 앉아 나른하게 꼬리를 살랑거리는 모습이 이곳의 상징 이미지가 되었다. 직접 찾아갔던 2호점인 발라드점에서는 고양이를 만나지 못했는데도 말이다.

트와이스솔드테일스의 옛날 간판은 검은 공룡이 그려진 노란색 간판이었다. 고양이도 물론 귀엽지만 서점의 설립자가 맨 처음 빠져든 게 공룡에 관한 책이었다는 사연을 간직한 간판이라 한편으로 아쉽다. 트와이스솔드테일스는 헌책방치고 서가 구성이 시원하다. 한 권에 1천 달러 이상의 가격표가 붙은 희귀본이나 절판본을 따로 둔 진열장도 넉넉하고 서가 사이에 여러 사람이 주저앉아 책 읽기 삼매경에 빠져도 다른 손님의 진로를 방해하지 않을 정도인데 책 보관 장소를 따로 둔 덕이다. 원하는 책을 매장에서 찾지 못한 경우 요청하기만 하면 최선을 다해 찾아준다.

서점 어디에나 고양이나 토끼가 웅크리고 있겠거니 숨바꼭질하는 기분으로 이리저리 거닐다 문득 오프라인 서점이 왜 필요한지 과연 오프라인 서점이 가진 장점이 무엇인지를 생각했다. 아마도 '발견'이지 않을까. 내가 구매한 책을 바탕으로 또 다른 책을 추천하는 디지털 알고리즘이 알지 못하는, 가끔은 나 자신에게조차 낯선 나를 발견하게 하는 마술이 일어나는 장소.

그러기 위해서는 서점과 나를 잇는 매개가 감정적으로든 물리적으로든 필요하다. 집과 직장을 오가다 들를 수 있는 곳이라면 더할 나위 없겠지만 고양이의 안부가 궁금해 일부러 들렀다가 고양이가 앉아 있던 서가 구석에서 평소의 나라면 절대 고르지 않았을 책을 골라 들고 오래되어 푹 꺼진 초록색 벨벳 소파에 파묻히는 일. 그런 상상을 하니 삶이 풍요로워진다는 것이 별건가 싶어졌다.

이 글 시작에 헌책에 관해 읽은 말 중에 내가 기억하는 말은 두 가지라고 했다(나름대로 떡밥이라고 던졌는데, 기억하시는 분이 있으려나). 나머지 하나는 『빅스톤갭의 작은 책방』에 나온다. "헌책이 말을 퍼뜨린다." 헌책방에 책이 팔리는 순간 책은 떠도는 말이 되어 돌아다니다 누군가의 귓가에 내려앉는다. 가끔은 고양이나 토끼의 인도를 받기도 한다. 이 책의 저자 웬디 웰치의 말처럼 책의 생일이 출간되는 날이라면 헌책방에 나오는 날은 독자의 삶으로 초대받는 진짜 축일인지도 모른다.

더하는 글 2:

독립 서점의 날Independent Bookstore Day

독립 서점의 축제 '독립 서점의 날'

매년 4월 마지막 주 토요일은 미국 독립 서점의 축제 일이라고 할 수 있는 '독립 서점의 날'이다. 이 행사가 처음 시작된 해는 2014년. 2018년 현재 다섯 번째를 맞고 있으니 그리 오래된 행사는 아니다. 그동안은 서점 운영이 괜찮았지만 이젠 이런 행사가 필요할 만큼 절박해졌다는 반증인가 싶기도 하다. 이 행사를 주관하는 전미서점협회는 꽤 큰 이익집단이다.

워낙 큰 지역을 포괄해야 해서 서북미 연합 등 지역별로 나뉘지만 전미서점협회는 서점이 함께 할 수 있는 일을 추진하며 서점의 생존과 번영을 도모한다. 독립 서점과 인터뷰를 할 때 이 조직에 관해 물었는데 모두들 구체적인 일을 함께 하는 친밀한 관계라기보다 울타리 같은 조직으로 여겼다. 이 조직이 가장 공들이는 것은 '교육'으로 매해 두 번 지역을 돌아가며 큰 컨퍼런스를 열고 바람직한 서점 운영 사례를 소개하는 등 서점 동향을 나눈다.

독립 서점의 경우는 규모가 작고 특화된 서점이 많은 데다 지역별로 특색이 있어서 모두에게 통하는 보편적인 전략을 짜기 어렵다. 대신 각 서점은 서점협회가 짜 주는 판 위에서 자신만의 전략을 실행할 수 있다. 가령 매년 열리는 컨퍼런스에서 각 서점은 대형 출판사와 접촉할 수 있지만, 구매 수량이 적은 대개의 독립 서점은 출판사와의 접촉이 절박하지는 않다. 그러나 어떤 서점이 고전 시리즈에 집중하겠다는 전략을 세웠다면 컨퍼런스에서 대형 출판사의 고전 시리즈 담당자와 이야기를 나눠 볼 수 있다.

그 외에 함께함으로써 비용을 낮출 수 있는 방법도 찾는다. 협회를 통할 경우 사업과 관련된 보험을 좀 더 싸게 들 수 있다든가 하는 식으로 말이다. 독립 서점의 날 같은 틀을 만들어 주고 서점 혼자 행하기 어려운 일, 가령 출판사와 저자 사인본이나 기타 한정 상품을 만드는 일을 한다. 다만 실제 행사는 지역별로, 서점별로 각자 만들어 나간다. 저자 사인회나 초대, 낭독회, 연주회 등이 가장 흔한데, 시애틀에서 재미있어 보였던 행사는 '독립 서점 도장 찍기'The Indie Bookstore Challenge다.

독립 서점 도장 찍기

- 독립 서점의 날에 이 행사에 참여하는 아무 서점에나 가서 서점 통행권bookstore passport을 받는다.
- 독립 서점의 날 당일 모든 참여 서점에 들러 각 서점의 독특한 서점 도장을 통행권에 받는다. 여러 곳에 지점이 있는 서점이라면 한 곳에서만 받아도 된다.
- 마지막으로 도장을 다 찍은 서점에 통행권을 제출하고 '독립 서점 도장 찍기 챔피언'이 되면 참가 서점 25퍼센트 일 년 할인권을 받는다.

이 외에도 각 서점에 마련된 여러 행사에 참여해 25달러짜리 상품권, 희귀 고서 등의 선물을 받을 기회도 얻을 수 있다. 어느 서점에 어떤 행사가 있는지 모르고 가면 마치 보물찾기를 하는 기분을 느낄 수도 있다. 그렇지만 도서정가제가 엄격하지 않고 양장본과 페이퍼백 등으로 책값에 차등을 두는 미국에서 새벽부터 발품을 팔지 않는다고 해도 25퍼센트 할인가에 책을 사는 일은 그리 어렵지 않다.

2018년 시애틀 독립 서점의 날 지도

PARTICIPATING STORES

1. Ada's Technical Books and Cafe
425 15th Ave E
Seattle, WA 98112
adasbooks.com

2. Book Larder
4252 Fremont Ave N
Seattle, WA 98103
booklarder.com

3. BookTree
609 Market St
Kirkland, WA 98033
booktreekirkland.com

4. Brick and Mortar Books
7430 164th Ave NE, #B105
Redmond, WA 98052
brickandmortarbooks.com

5. Eagle Harbor Books
157 Winslow Way E
Bainbridge Island,
WA 98110
eagleharborbooks.com

6. Edmonds Bookshop
111 5th Ave S
Edmonds, WA 98020
edmondsbookshop.com

7. Elliott Bay Book Co.
1521 10th Ave
Seattle, WA 98122
elliottbaybook.com

8. Fantagraphics Bookstore
1201 S Vale St
Seattle, WA 98108
fantagraphics.com

9. Island Books
3014 78th Ave SE
Mercer Island, WA 98040
islandbooks.com

10. Liberty Bay Books
409 Pacific Ave
Bremerton, WA 98337
libertybaybooks.com

11. Liberty Bay Books
18881 Front St NE #D
Poulsbo, WA 98370
libertybaybooks.com

12. Magnolia's Bookstore
3206 W McGraw St
Seattle, WA 98199
magnoliasbookstore.com

13. The Neverending Bookshop
10123 Main Place #2
Bothell, WA 98011
theneverendingbookshop.com

14. Open Books
2414 N 45th St
Seattle, WA 98103
openpoetrybooks.com

15. Phinney Books
7405 Greenwood Ave N
Seattle, WA 98103
phinneybooks.com

16. Queen Anne Book Company
1811 Queen Anne Ave N
Seattle, WA 98109
qabookco.com

17. Secret Garden Books
2214 NW Market St
Seattle, WA 98107
secretgardenbooks.com

18. Third Place Books Lake Forest Park
17171 Bothell Way NE
Lake Forest Park, WA 98155
thirdplacebooks.com

19. Third Place Books Ravenna
6504 20th Ave NE
Seattle, WA 98115
thirdplacebooks.com

20. Third Place Books Seward Park
5041 Wilson Ave S
Seattle, WA 98118
thirdplacebooks.com

21. The Traveler
256 Winslow Way E
Bainbridge Island,
WA 98110
thetraveler.com

22. University Book Store
4326 University Way NE
Seattle, WA 98105
ubookstore.com

23. University Book Store Mill Creek
15311 Main St
Mill Creek, WA 98102
ubookstore.com

Visit three or more participating stores to receive a 30% off coupon. Get your passport stamped at all 19 stores to earn 25% off at all stores for an entire year. For stores with multiple locations, only one location will count towards the total. Passports must be turned in at a participating store on Saturday, April 28, 2018 to be eligible. Winners will be notified by email. Please print your name and email clearly!

© DOMO

이 행사가 흥미로워 보이는 이유는 보상이 아니라 과정 때문이다. 시애틀은 지역도 꽤 넓고 호수와 섬으로 이루어진 지형적 특징을 가지고 있는 데다 서점마다 문 열고 닫는 시간이 다르다. 분점이 있는 서점의 경우는 그중 한 군데만 가도 되기 때문에 하루에 열아홉 군데 서점을 방문하는 것이 마치 전략 게임 같은 양상을 띤다. 친구와 의논해 가며 함께 움직여도 재밌고, 출발점을 달리한 후 각자 전략을 세워 마지막 지점에서 만나기로 해도 즐거울 것 같다.

실제로 챔피언에 도전했던 사람은 새벽같이 알람을 맞춰 놓고 서점마다 더 둘러보고 싶은 것을 참아 가며 서점 개수를 채웠다는 이야기를 SNS에 올렸다. 이들은 한 서점에서 다른 서점으로 옮겨 가면서 온라인이 해 줄 수 없는 것, 자신이 좋아하는 책에 관해 잘 알고 다정하기까지 한 여러 점원과 이야기를 나누고 오래된 책 냄새와 마루 냄새에 빠지고, 자신이 집어 든 책을 보며 "아, 나 그 책 읽었는데"라며 말은 건네는 동료 애서가를 만났다.

이 행사를 처음 실시한 2015년에는 42명의 챔피언이 탄생했지만 다음 해에는 120명으로 챔피언이 늘었다. 2017년에는 320명, 2018년에는 500명이 넘었다고 한다. 책을 좋아하는 사람은 작은 서점을 방문해 주인마다 지역마다 취향이 조금씩 다른 책을 구경하는 것만으로 즐거웠겠지만 어차피 이들은 '독립 서점의 날'이라고 따로 정하지 않은 날에도 시간을 이렇게 보낼 것이다.

아마존 공포를 지역 소비 운동으로 견뎌 내다

일반적으로 소비가 늘어 책 소비도 덩달아 느는 휴가나 연휴가 겹치지 않는 4월 말 행사라 꽤 도움이 된다는 서점 주인도 있었지만 내가 만난 독립 서점의 여러 주인은 이날보다 '인디스 퍼스트'나 '숍 로컬'Shop Local처럼 지역 소비 운동을 훨씬 반겼다. 실질적으로 매출에 도움이 되기는 '책'이라는 한 가지 소재만으로는 충분치 않다는 것이다. 이런저런 혜택을 받아 여러 가지를 사는 와중에 책도 사는 게 일반 소비자의 패턴이기 때문이다.

특히 블랙프라이데이가 끝난 그다음 주의 숍 로컬 행사는 선물 시즌과 맞물려 큰 시너지를 낸다. 전미서점협회는 2008년부터 인디바운드(www.indiebound.org)라는 지역 소비 운동을 적극적으로 주도하고 있다. 이 운동은 특정 기간이 아니라 일 년 내내 지속적으로 이루어지는데 웹사이트를 통해 아마존처럼 중앙화, 온라인화한 경제가 지역 경제에 어떤 영향을 미치는지 조목조목 따지며 일반 소비자가 지역 서점을 이용하도록 독려하고 있다.

인디바운드에 따르면 같은 100달러를 쓰더라도 지역에서 소비하면 52달러가 해당 지역에 남지만 전국 체인을 이용하면 13달러 정도만 지역에 쓰이며 지역 소비세가 없는 온라인 쇼핑의 경우 한 푼도 지역을 위해 쓰이지 않는다. 지역 소비는 이웃의 일자리도 늘릴 뿐 아니라 포장을 줄이고 짧은 운송거리 덕에 환경에도 도움이 된다. 인디바운드는 중앙과 온라인에 집중된 소비문화를 지역 중심으로 옮기려는 큰 사회문화적 변화에 서점 운동을 접목했다.

인디바운드 웹사이트는 지역 서점의 위치 등을 알려주고, 독립 서점 베스트셀러를 따로 집계해 보급함으로써 지역 독립 서점을 지원한다. 하지만 이런 움직임을 보고 있으면 마음이 편치 않다. 책을 읽거나 서점을 찾는 일 자체가 즐거운 게 아니라 경제를 살려야 해서 환경 보호를 위해 필요한 일이니까 같은 당위로 선택해야 하는 일 같아서 말이다.

아직 역사가 오래되지 않은 독립 서점의 날은 특별함을 만들어 가는 중이다. 넓은 땅에서 벌어지는 일인 만큼 독립 서점 축일이라는 공통점 말고 지역마다 서점마다 개성 있는 행사를 제각각 진행한다.

아마존의 도시 시애틀은 역설적이게도 독립 서점의 도시이기도 하다. 아마존이 진출한다는 소문만 돌아도 그 분야 주가가 떨어진다는 '아마존 공포'를 일찌감치 겪어서인지 서점은 이제 좀 의연해진 것 같다. 오히려 아마존이 만든 활력에 관해 이야기하는 사람도 있다. 아마존이 쏟는 돈과 에너지, 아마존이 만들어 내는 일자리가 지역 경제를 움직여 가는 운전자 역할을 한다는 것이다. 넓게 보면 독립 서점도 아마존 같은 거대 운전자가 만들어 가는 경제 전체의 역동성 위에서 더 활기를 띨 수 있다는 의견도 있다.

독립 서점의 날을 운영하고 참여하는 사람은 서점은 단지 책을 사는 곳이 아니라고 입을 모은다. 그들은 서점을 지역사회의 거점이자 열정적인 독자가 운영 주체가 되는 지역 문화의 닻, 뜻밖의 발견을 무한정 품고 있는 우주라고 생각한다. 1990년대 중반 인터넷 서점이 늘면서 눈에 띄게 줄어들었던 독립 서점 숫자는 2009년에서 2015년 사이, 1,651곳에서 2,227곳으로 35퍼센트가량 늘었다고 한다.

어디서든 언제든, 심지어 싸고 손쉽게 책을 구할 수 있는 지금 같은 시대에 서점이 여전히 있고 점점 늘기까지 하는 것을 보면 서점은 상품 말고 다른 무언가를 갖고 있는 게 아닐까. 서점은 많은 이가 모일 수 있도록 공간을 제공하고 먹고 사는 데는 아무 쓸모 없는 것처럼 보이는 어떤 가치나 생각과 사상을 품고 있으며 같은 관심사를 가진 사람과 만나게 하고 마음이 필요로 하는 책을 건네받는 곳이다. 독립 서점의 날은 그런 일을 한번 해 보도록 꼬드기는 역할을 한다. 아이들에게 나눠 주는 풍선이나 사탕 하나에 이끌려서라도 그곳에 한번 발을 들이면 아마 뭐든 마음에 드는 것 하나는 만나게 될지 모른다고 속삭인다. 매년 4월 마지막 주 토요일이 그날이다. 올해는 어떤 서점에서 어떤 일을 벌일까? 사람들은 어떤 경험을 하게 될까? 부디 그 경험이 모두에게 축복이길.

더하는 글 3:
어떤 서점의 폐점

떠난 서점도 우리 삶의 일부다

원고를 쓰던 때는 취재할 때에서 시간이 많이 흘러서 뭔가 달라진 부분이 있겠거니 싶었다. 거주민이 되었으니 서점을 다시 방문해야겠다고 생각하며 우선 웹사이트가 있는 곳부터 찾아보았다. 그 과정에서 가슴 아픈 사실을 알게 됐다. 시애틀미스터리 북숍이 2017년 9월 30일에 27년 역사를 끝냈다. 가장 먼저 취재한 곳이었고 사소하게 재미있는 사연이 많았던 곳이라 생각하면 기분이 좋아지는 서점이었다.

2017년 8월 1일 자로 미스터리 책 커뮤니티에 제이 비가 올린 '서점 판매' 글을 보고, 나와 인터뷰를 하던 당시에도 서점이 이미 상당한 재정 압박을 받고 있었음을 알게 됐다. 이미 2016년 2월에 운영비를 대기 위한 인터넷 펀드

GoMeFund를 모집했고 작가 그룹에서는 각자 자신의 서명 본을 보내자는 자발적인 움직임이 있었다. 그 덕에 밀린 월세와 필요 경비를 내고 일 년 이상을 벌었다고 제이 비가 썼다.

제이 비는 서점 판매 공고를 내기 전에 다시 펀드를 모집할까도 했지만 그것이 지속 가능한 대안이 될 수 없음을 깨닫고 결국 서점을 팔기로 했다. 미스터리북숍이 지속되길 바란다고 했지만 끝내 서점을 이어 갈 사람은 나타나지 않았다. 9월 30일까지 서점은 재고를 처리할 수 있는 만큼 처리하고 문을 닫았다. 월세가 밀리고 책값을 보내지 못하는 시간이 쌓여 갈 때의 제이 비를 상상하니 마음이 아팠다. 그는 십 년 가까이 자신과 함께했던 서점을 닫는 소회를 담은 글을 서점 블로그에 올렸다.

글은 구구절절 마음을 울렸다. 미국의 도서 제작이나 유통 방식이 다르기 때문에 생긴 약간의 차이를 빼고는 한국이나 미국이나 출판계 사정은 비슷하지 않을까. 내가 어떤 말을 덧붙이거나 해설하는 것보다 그의 글을 직접 읽는 편이 나을 것 같아 글을 가져왔다. 작은 서점을 운영하는 이라면 그가 겪었던 어려움에 충분히 공감할 수 있을 것이다. 이 글을 번역해 실어도 될지 그에게 메일을 보냈지만

답신은 받지 못했다. 그러니 비록 번역이지만 이 글의 소
유권은 그에게 있다.

시애틀미스터리 북숍은 왜 폐업하는가?

저는 이 서점이 문을 열었을 때부터 일했습니다.
처음에는 일주일에 한 번, 빌이 쉬는 날에만 일했죠. 그때
생각을 하니 그의 집에 놓여 있던 기다란 식탁과 식탁
위에 산더미처럼 쌓여 있던 서류가 떠오르네요. 서류에
식탁을 내어 주고 저녁은 대체 어디서 먹었던 걸까
궁금해하곤 했습니다. 하지만 제 삶이 이 서점에서 서서히
녹아들면서 제 머릿속도 빌의 식탁처럼 잡동사니로 가득
찼습니다.
빌은 1998년에 서점 주인을 그만두고 저에게 서점을
넘겼지만 다행히 일은 그만두지 않았습니다. 제가
그렇게 했듯 이번엔 빌이 주말마다 저를 도왔죠. 그렇게
영광스럽게 저는 1999년에 시애틀미스터리 북숍의
주인이 되었습니다. 그러나 안타깝게도 시애틀미스터리
북숍은 이제 문을 닫습니다. 저희 서점은 2017년 9월
30일 토요일 영업 종료 시간에 폐점할 예정입니다.

왜냐고요? 여러 가지 이유가 있습니다. 아마존
때문이냐고 물을 겁니다. 물론 그렇게 답하는 게
간단하긴 합니다. 하지만 그동안 일어난 도서출판계의
거대한 변화와 경제 전반의 변화가 훨씬 더 큰 영향을
주었다고 생각합니다. 이 모든 일을 정확히 이야기하려면
반스앤드노블 같은 초대형 서점이 부상하던 시기로
거슬러 올라가야 합니다. 초대형 서점의 부상은 분명
좋은 일이었지만 초대형 서점은 책을 큰 폭으로 할인하는
풍조를 만들어 냈습니다.

대형 서점은 수익을 올리기 위해 단행본 외에도
음반, 달력, 커피와 잡지를 손님에게 팔았고 책을
그 유인책으로 사용했습니다. 덕분에 많은 사람이 초대형
서점으로 향했죠. 이런 상황에서 작은 독립 서점은
대형 서점과 경쟁할 수 없었습니다. 출판사는 대형
서점에 주력해야만 했습니다. 출판사는 소형 서점이
할 수 없었던 대형 서점의 횡포를 묵인했습니다. 어느
책이 파손되었는지는 상세히 통지하지 않은 채 배송 중
일정 비율의 책이 파손되었다고 통보하는 것, 책을 잘
보이는 위치에 진열하는 대가로 추가 요금을 받는 것,
소형 서점에서 열리는 저자 이벤트를 막는 것 등이죠.

이런 것은 출판사에 고스란히 되돌아와 출판사의 사업
형태에 큰 구멍을 냈습니다.

전자책의 부상은 독립 서점에 또 한 번 치명타를
입혔습니다. 수십 년간 출판사는 책의 일정 비율을 비싼
양장본으로 출간하고, 일 년여가 흐르면 가격이 싼
페이퍼백으로 출간했습니다. 양장본 값을 지불할 의향이
있고 페이퍼백이 나오기까지 기다리고 싶지 않은 독자는
새 책을 사고 그렇지 않은 사람은 도서관에서 빌리거나
페이퍼백을 기다리면 되었죠. 이 사업 모델로 인해
도서 유통업계에 대규모 시장이 생겨날 수 있었습니다.
할리우드를 생각해 보십시오. 영화는 개봉하면
개봉관에서 몇 주간 또는 몇 개월간 상영됩니다.
우리는 오후 황금 시간대에 제값을 내고 영화를 볼 수도
있고 오전 시간대에 약간 할인된 가격으로 영화를
볼 수도 있습니다. 개봉관에서 영화가 끝나고 케이블
텔레비전에서 방영되기 전에 영화를 재상영하는
재개봉관도 있습니다. 이런 모델 덕분에 더 넓은 관객을
확보할 수 있죠. 그런데 비디오테이프가 나와 극장보다
훨씬 싼 값으로 영화를 볼 수 있게 되었을 때 이런 모델에
무슨 일이 일어났나요?

출판계가 바로 그런 짓을 한 겁니다. 출판사는 양장본을
출간하면서 훨씬 더 싼 전자책을 내놓았습니다. 양장본이
어느 정도 팔린 후에 전자책을 내놓아야 했는데 동시
출간을 하자 양장본 책 판매량이 급감했습니다. 이것은
출판사로서도 큰 손실이었습니다. 양장본 매출이
줄어들자 출판사는 책 가격을 올리는 방식으로 대응했고
그러자 더 많은 독자가 전자책으로 몰려들었습니다.
출판사는 페이퍼백 시장에서도 비슷한 실수를
저질렀습니다. 일부 독자와 독서 모임, 서점에서 비싼
고급 페이퍼백을 원한다고 판단해 고가의 페이퍼백을
펴냈습니다. 페이퍼백 시장 역시 그렇게 죽었습니다.
전미서점협회는 전자책을 읽는 독자의 추세를 따라
독립 서점도 전자책을 팔 수 있게 만들었습니다. 하지만
그것은 핵심을 잘못 짚은 것입니다. 전자책 판매
대금으로는 가게 월세나 직원 급여를 줄 수 없습니다.
타이어에서 양말까지 모든 걸 파는 거대한 상점이
아니라면 그건 작동하지 않는 사업 모델입니다.
두 번째 요인은 경제 전반입니다. 경기 후퇴는
수많은 직장을 앗아 갔고 수많은 사람이 경제적으로
불안정해졌습니다. 특히 우리가 있는 이 시애틀

도심에서요. 시애틀 시민이 책을 사는 데 쓰던 잉여 수입은 거의 사라졌죠. 모든 소비재의 가격이 올라 취미에 쓰는 돈은 더 치열한 경쟁을 벌여야 했습니다. 휘발유 값은 더 높아졌고 주차비도 올라갔습니다. 그러자 그동안 잘 돌아가던 회전 마차는 멈춰 섰습니다.

쓸 돈이 줄어들자 많은 사람이 덜 비싼 전자책을 사거나 도서관을 향했죠. 분명히 돈을 번 사람도 있었겠지만 책을 사는 대중은 파산 후에 부업으로 내몰렸습니다. 여러분은 작은 상점의 매출에 직접적인 영향을 미치는 중산층의 급여가 어떻게 줄어들었는지 수많은 뉴스를 들었을 것입니다.

이 후퇴의 흐름에서 아마존만 예외입니다. 네, 그들은 진짜 요리를 잘하죠? 그렇지 않나요? 돈이 없는 사람은 재미있는 것에 돈을 쓰려면 엄청 할인해 주는 곳으로 찾아가죠. 게다가 많은 사람이 쇼핑하러 갈 시간이 없기 때문에 편리한 배송을 택하죠. 아마존은 이제 예전에 지방마다 있던 대규모 의류 판매점 같은 것으로 자리 잡았습니다. 대량 생산된 값싼 물건을 공급하는 곳이요. 미스터리는 거기에 없습니다.

세 번째 요소는 세대 문제입니다. 지난 이십 년 동안

서점, 출판사, 작가를 포함한 출판계 전체는 2차
세계 대전 이후 세대의 지지를 받아 왔습니다. 자기
직업에서 승승장구하며 자기 자신과 아이를 망칠 만큼
여윳돈이 있었던 세대였죠. 이 세대는 책을 모았습니다.
1980년대 후반에 오디오북이 나오기 전까지는 책의
대체품이 없었으니까요. 수집하는 사람이 늘수록
수집은 더 까다로워졌죠. 그들은 초판본에 또 서명본에
열광했습니다.

그들은 저자 사인회를 기다려 서가에 다른 서명본을
추가했고 자신이 수집하는 작가의 작품 가운데 놓친 것을
찾아 빈 자리를 메웠습니다. 저자는 전국 투어를 다녔고
잘 팔리는 작가가 수집가 무리와 팬을 창조하는 동안
다양한 책이 증발해 버렸습니다.

수집가 세대가 은퇴하기 시작했습니다. 아이를 다 키운
그들은 집을 줄이고 작은 아파트나 콘도, 은퇴자 센터로
이사를 갔습니다. 이제 그들은 그렇게 사랑스럽게
모아 온 책을 쌓아 둘 방이 없습니다. 그들은 그 책을 전혀
신경 쓰지 않는 자녀나 손자녀가 아니라 소중히 여겨 줄
사람에게 보내고 싶어 합니다.

문제는 거의 모든 수집품이 같은 작가와 같은 작품으로

이루어졌다는 거죠. 더 이상 이 책을 사 모을 사람은 없습니다. 수집가 세대의 손자녀는 책을 살 만한 잉여 수입이 아직 없습니다. 막대한 대학 등록금 빚과 월세, 하늘 높은 줄 모르는 융자금 사이를 헤매고 있습니다. 손자녀 세대가 뭔가를 읽는다 해도 휴대폰에서 온라인으로 주문하는 것이 싸고 쉽죠.

이런 것이 큰 이유입니다. 작은 이유도 많습니다. 어떤 것은 저희 서점이 있는 시애틀 도심과 파이어니어 광장에만 해당되는 것도 있습니다. 어렵고 비싼 주차, 공사 중인 거리, 사람을 태우고 내리는 구역의 문제, 고가도로의 이동, 스포츠 경기, 집회와 행진 같은 것이죠. 어떤 것은 전국적이죠. 신용 카드 사용의 급증, 카드 수수료, 높아진 국제 우편요금, 지불을 더 옥죄는 도매상처럼 말이죠.

물론 제 개인의 잘못도 있습니다. 저는 원만한 성격이 아니라 수많은 사람을 잘못된 방식으로 대했습니다. 몇몇 사람은 저를 심술궂은 사람으로 생각하고 참을성 없고 과민하다고 여깁니다. 그렇지만 이게 저입니다. 저희 가게가 매출 급감을 겪을 때 매출 감소에 저의 이런 성격이 어떤 식으로든 영향을 미쳤을 거라는 점을 알고 있습니다. 혹시라도 제가 여러분이 저희 서점에 오는 걸 꺼리게 만들었다면 사과합니다.

2011년에 로스앤젤레스 미스터리 서점이 문을 닫았을 무렵 저희는 로스앤젤레스의 미스터리 작가를 초청해 사인회를 연 적이 있습니다. 그는 아무 말도 없이 문을 닫은 서점 주인에게 화가 나 있었죠. 그가 물었습니다. "왜 도와 달라고 하지 않은 거죠?" 그 말이 절 자극했죠. 몇 주 후에 저는 그 작가와 또 다른 국제적 베스트셀러 작가 두 명에게 편지를 썼습니다.

저는 가게에서 직접 하는 사인회가 출판사에서 사인해 보낸 책보다 훨씬 더 판매에 도움이 된다는 점을 알고 있습니다. 저는 작가가 출판사에 영향력을 발휘해 작은 미스터리 서점에 사인회 우선권을 주도록 해 달라고 요청했습니다. 작가와 독자를 만나게 해 주는 작은 미스터리 서점을 도와 달라고 요청했습니다. 그러나 전 그들 누구에게서도 답장을 받지 못했습니다.

저희는 유명 작가에게 실용적인 장소가 되기 위해 이십 년간 분투해 왔습니다. 만약 출판사가 유명 작가를 보내지 않는다면 그들이 야심 차게 키우는 신인 작가를 돕는 장소도 될 수 없다고도 말했습니다. 저는 여러

작가에게 간절히 호소했고, 그렇게 도움을 요청했을 때
작가들은 이미 사인되어 있는 책을 보내왔습니다.
저희에게는 그들이 필요했는데요.

작은 서점에서의 주목과 노출로 이득을 얻은 사람은
그것에 고마워했지만, 자기가 작은 서점들을 통해 갖게
된 힘과 영향력을 작은 서점을 돕는 데 쓰고 싶어 하지는
않았어요. "제가 매출 팀과 이야기해 봤는데, 모두들
반스앤드노블에 가야 한다고 하네요. 저는 결정권이
없어서⋯⋯." 주요 베스트셀러 작가보다 더 큰 결정권을
가진 사람이 누굽니까? 저희는 많은 저자에게 반복해서
도움을 요청했지만 결국 이렇게 되었습니다.

몇 년 전부터 이렇게 되지 않으려고 열심히
노력했습니다. 도서 판매 매출만으로는 충분치
않았으니까요. 밀린 세금과 월세를 지불하기 위해 인터넷
펀드를 받았지만 충분치는 않았습니다. 일 년은 벌었죠.
점원에게 급료를 줄 수 없어서 점원을 줄였고 서점을
매물로 내놓기까지 했습니다.

이 가게가 시작될 즈음 지구상에는 적어도 서른여섯 곳
이상의 미스터리 서점이 있었습니다. 뉴욕에 네 곳,
워싱턴디씨에는 세 곳이 있었지요. 이제 전국에

한 줌만이 남았습니다. 단지 저희만의 일이 아니었던
겁니다. 저를 포함해서 어떤 서점도 닫기를 원하지
않았지만 결국 선택의 여지가 없었습니다.
가게를 닫으며 저희는 모두 상심했습니다.
저 개인적으로는 빌을 실패하게 한 것만 같아서
괴로웠습니다. 하지만 저희 모두는 수년 동안 이 서점을
계속하려고 힘들게 싸워 왔고 최후의 마지노선으로
소수의 독자를 유지하려고 오래 일해 왔습니다.
하지만 이제 안녕이군요. 저는 수년 동안 저희 가게를
정기적으로 찾아왔던 충성스러운 많은 고객에게
감사드리고 싶습니다. 제게 큰 힘이었습니다.
이제 어떤 일이 일어날까요? 그건 미스터리입니다.

2017년 9월 18일
제이 비

문을 닫은 또 다른 서점 베일리코이

제이 비의 긴 글을 읽고 2009년 11월 말 캐피톨힐 지역의 베일리코이 북스가 문을 닫을 때, 서점주였던 마이클 웰스Michael Wells가 언론사에 보낸 보도 자료가 떠올랐다. 10년 간격으로 일어난 폐점인데도 내용은 별로 다르지 않았기 때문이다. 베일리코이 역시 26년 동안 건재했던 서점이었고 특히 성소수자 공동체의 든든한 지원자로 수많은 단골을 거느리고 있었다.

경제 불황이 지속되면서 매출 급감을 겪고 있는 상황에서 다른 곳에 있던 엘리엇베이 북컴퍼니가 베일리코이 근처로 이전하기로 하면서 폐점을 결정할 수밖에 없었다. 1977년 레이니어 광장의 건물 하나에 바버라 베일리Barbara Bailey가 창립한 비베일리 북스B. Bailey Books는 1982년에 브로드웨이에 두 번째 지점을 열었고 1983년에 베일리코이 북스가 되었다.

같은 해에 바버라는 레이니어 광장 가게를 팔았고, 두 번째 가게는 본점이 되어 당시까지 이르렀다. 2003년에 바버라가 은퇴하고 1989년부터 서점 매니저로 일하던 마이클 웰스로 소유주가 바뀌었지만 서점은 건재했다. 이 서점은 성소수자 커뮤니티에 친화적인 공간으로 기획되었다는 매우 큰 특징이 있었다. 당시 미국 서점 중에 성소수자 서점이 있기는 했지만 일반 서점과 합쳐진 모델은 드물었으므로 꽤 특별한 일이었다.

훌륭한 성소수자 관련 책과 빼어난 일반 문학책이 나란히 꽂혀 있는 서점. 오늘날에는 별로 특별한 일이 아니지만 1982년에는 아주 혁명적인 일이었다. 베일리코이는 시애틀 성소수자 공동체의 지지를 받으며 그들의 풍부하고 다양한 문화를 흡수하며 성장해 나갔고 이 지역의 랜드마크가 되었다. 현재 엘리엇베이가 자리한 캐피톨힐 지역의 횡단보도가 무지개로 그려져 있을 만큼 성소수자 관련 이슈는 지역의 특징으로 뿌리내렸다. 베일리코이 북스는 피니 북스의 톰 니슬리가 단골로 다녔다는 이야기를 들어 친숙했는데 이런 지난 역사를 보니 새로웠다.

어쨌든 어떤 서점은 새로 문을 열고 어떤 서점은 문을 닫는다. 문을 닫는 서점을 향한 아쉬움만큼 새로 생기는 서점에 거는 기대가 있다. 세상 모든 것이 그렇듯이 서점도 오고 간다. 오고 가는 만큼 다양해지고 풍부해진다. 그런 생각을 하면 그래도 조금 위로가 된다. 떠난 서점도 결국 우리 삶의 한 부분이 된다. 그것으로 되었다.

맺음말

서점, 존재의 의미

서점을 취재할 당시와 원고를 쓸 때, 내 상황은 많이 변했다. 취재 때 나는 책을 만드는 사람이었고, 서점의 일은 다른 무엇보다 '내 일'이었다. 더 많은 이가 책을 읽고 더 많은 서점이 생기고 그런 곳에서 사람들이 더 많은 책과 만나야 한다고 생각했다. 그래서 당시 관심사는 더 많은 사람이 온라인 서점 대신 동네 서점을 찾게 하려면 서점은 어떤 곳이어야 할까, 그런 서점이 지속 가능하려면 어떻게 해야 할까 하는 데 있었다.

하지만 원고를 쓰던 무렵, 나는 시애틀 주민이 되었고 책을 만드는 사람에서 장사꾼이 되었다. 환경이 달라지니 관심도 달라졌다. 아침 여덟 시에 일과를 시작해 집에 돌아오면 밤 열 시였다. 하루 종일 손님을 상대하고 손님이 뜸한 시간에는 음료수 냉장고를 채우거나 음식을 포장할 때 넣어야 하는 작은 소스를 만들었다. 식당에서 쓰는 포크와 음식 포장에 들어가는 플라스틱 포크를 냅킨에 감아 두는 일을 비롯해서 식당에서 쓰이는 온갖 소모품이 비거나 모자라지 않은지 확인해 채워 넣고 몇 군데나 되는 마켓을 번갈아 가며 돌아야 했다.

때로는 주방에 들어가 설거지를 돕고 그릇에 밥을 퍼서 준비해 손님이 기다리는 시간을 줄였다. 그렇게 하루를 보내고 집에 돌아오면 책 읽을 시간은커녕 잠잘 시간도 부족해 이따금 써야 할 원고와 마감 기한을 생각하면 헛웃음만 나왔다. 마감을 한 번 어기고 두 번 어기고, 이때까지는 꼭 마쳐야지 마음먹은 시간을 몇 번이고 흘려보내면서 자책과 함께 이 일이 나에게 어떤 의미인지를 돌이켜 볼 수밖에 없었다.

책을 읽고 그 내용으로 무언가를 생산하고, 필요하다고 생각한 책을 기획해 만들어 파는 것으로 생계를 해결했던 사람으로서 책과 서점의 필요를 역설하기는 쉬웠다. 그러나 대부분 시간을 그 일과 아무 상관 없는 일을 해서 생계를 유지하는 사람에게 책이나 서점이 과연 어떤 의미일까 자문해 보면 선뜻 대답하기 어려웠다. 시간에 쫓기고 피로에 찌든 이에게 잠깐의 단잠이나 산책보다 책 읽기를 권할 만큼 확신이 있나 스스로 의심했다.

게다가 책 읽기가 그토록 중요해서 어찌어찌 시간을 조금이라도 낼 수 있는 사람에게 온라인 서점이 아닌 오프라인 서점이 더 좋은 이유를 설득할 수 있을까. 책을 읽겠다는 의지와 갈망이 있는 이라면 오히려 온라인 서점이 더 유용하고 고마운 존재가 아닐까. 더구나 오프라인 서점은 하나둘씩 사라지는 것으로 이미 자기 존재가 무가치함을 증명하고 있는 듯했다. 가전, 의류 등 각종 매장이 문을 닫고 있지만 아무도 그 존재 가치를 역설하지 않는 것처럼.

아마존을 비롯한 온라인 업체가 기세 좋게 세상을 점령해 나갔다. 그것도 아주 빠르게. 온라인 업체는 많은 이에게 더 많은 물건을 더 싸고, 더 빠르고, 더 편리하게 가져다줬다. 그런 세상을 보며 한탄하는 사람은 오프라인 매장과 이해관계를 같이하는 사람뿐이다. 사람들은 자비 없는 얼굴로 말한다. 자본주의 시장경제에서 소비자의 선택에 따라 매장이 열리고 닫히는 것은 누구의 잘못도 아니며 우리는 그저 순응해야 할 뿐이라고.

그렇다면 서점은 왜 달라야 하는가? 인류의 생존과 번영을 위해 종 다양성을 지키고 희귀생물을 보호하듯 서점과 책도 지켜져야 하는 존재일까? 나는 그래야 한다고 누군가를, 아니 바로 나 자신을 설득할 수 있을까? 공공재 책에 대해 많이들 이야기한다. 나 역시 어느 정도 동의한다. 하지만 그게 오프라인 서점을 생존시켜야 한다는 근거가 될 수 있을까? 온라인 서점이면 왜 안 되지? 그런 것 없이 서점 자체 매력으로 생존할 수는 없을까?

와중에 한국에서는 유행처럼 작은 서점이 늘어 갔다. 이곳 미국 시애틀에도 작은 서점이 새로 생기기는 하지만, 그와 동시에 취재로부터 일 년도 지나기 전에 결국 문을 닫은 이십여 년 역사의 미스터리 전문 서점을 비롯해 다양한 서점이 속절없이 사라져 갔다. 몇 년의 시간이 흐른 후에 지금 늘어난 한국의 작은 서점 가운데 몇 군데나 살아남아 있을까 상상하니 아득했다. 내가 하면 다를 거라고 은근히 마음에 품어 본 서점에 대한 소망도 차게 식었다.

바뀐 처지에 이런 생각까지 더해지자 원고에 마음이 달라붙지 않았다. 마감 기한이 늘어진 것은 절대 시간이 부족한 탓도 있었지만 이 때문이기도 했다. 이 원고가, 그래서 완성될 이 책이 과연 어떤 독자에게 어떤 의미가 될까? 취재 전에 예상했던 의도에 이 책이 답이 되었나, 아니면 여행지에 가면 그곳의 특색 있는 서점을 찾는 이에게 길라

잡이 역할 정도는 할 수 있으려나? 이런저런 의미를 찾아보았지만 한동안 답을 찾지 못했다.

낯설고 힘든 식당 일을 절대 지지 않겠다는 오기 같은 걸로 버티는 동안은 원고는커녕 책 한 줄 읽는 것도 어려웠다. 머리로는 일에 귀천을 두지 않는다 주장했지만 손가락 관절 하나하나의 쓰임새까지 절로 느끼게 되는 육체노동 중에 책을 드는 것이 어쩐지 마음에 걸렸다. 도피이거나 약간 으스대는 마음으로 '난 원래 정신노동을 하는 사람이야' 같은 마음을 갖게 될까 두려웠다(호들갑도 가지가지란 거 나도 안다).

그러다 이곳에 오기 전에 받아 둔 원고의 마감에 쫓겨 억지로 책을 한 권 읽는 동안 왜 나에게 책 읽기가 그토록 중요한가를 깨닫게 됐다. 내 삶만을 들여다보는 동안 내 상태는 점점 나빠졌다. 그걸 스스로 느낄 수 있을 정도였다. 삶이 나를 완전히 삼켜, 세상에서 무슨 일이 일어나건 하나도 중요하지가 않았다. 사람을 볼 때도 나에게 좋은 사람과 나쁜 사람으로 나뉘었다.

책을 읽는 동안에는 내 삶에 거리를 둘 수 있었고 그제야 타인과 세상이, 무엇보다 내가 더 잘 보였다. 삶에 완전히 매몰되지 않고 그 너머를 보려는 노력과 삶을 더 잘 살기 위함, 그게 바로 책을 읽어야 하는 이유임을 깨달았다. 이런 이유가 나뿐 아니라 모두에게도 중요하지 않을까 생각하게 되었다. 그러자 이제까지 절실하지 않아 괴로웠던 원고가 달리 보이기 시작했다.

여기에서 만난 서점 사람들이 떠올랐다. 기꺼이 귀한 시간을 내준 그들은 여건이 좋으면 좋은 대로, 힘겨운 곳은 또 그런 대로 책이 누군가에게 바로 그런 일을 하길 바라며 일하고 있었다. 그들과 한마음으로, 나는 그 일이 지속 가능하길 바란다. 이왕이면 즐겁고 기쁘게. 그래서 이 책이 서점 운영의 비법이나 멋진 서점의 일면을 보여 주기보다 서점을 운영하며 살아가는 사람, 지역 서점을 둘러싼 그곳 거주민의 그림자를 보여 주길 바랐다.

원고를 쓰는 일은 '고군분투' 외에 다른 말로 표현할 수 없다. 시간이 없었고 마음의 여유도 없었다. 시애틀에 살면서도 원고에서 언급한 서점을 다시 돌아보기가 정말 어려웠다. 식당 한쪽 테이블에 노트북을 펼쳐 두었지만 한 단어도 못 쓴 날이 더 많았다. 새로운 곳에 정착하는 데서 생기는 온갖 문제와 사람을 비롯해서 기계까지 당장 처리하지 않으면 안 되는 일들, 남편이 한국에 남아 있는 탓에 혼자서 아이들의 방황 등 가족 문제까지 모든 걸 이고 지고 헤치고 나가야 해서 한동안은 매일 밤 울면서 잠이 들었다.

가끔은 이대로 죽으면 이 모든 문제에서 완전히 해방되겠지 하는 극단적인 마음도 품었는데, 원고를 마무리해야 한다는 약속이 나를 붙들어 주었다. 원고를 마무리하면서 그런 날들을 견디길 잘했다고, 포기하지 않아 다행이라고 스스로 대견해했다. 원고를 마무리하는 마지막 며칠은 원고의 완성도 때문에 괴로웠지만 일단 끝냈다는 사실에 무조건 나를 칭찬하기로 마음먹었다.

이 책을 누군가 사랑해 준다면, 그것은 순전히 늘어지는 마감, 연락 두절 등을 겪으면서도 '포기하지 말라'고 격려해 준 유유출판사 조성웅 대표의 공이다. 책이 잘 팔려서 보답을 하면 좋으련만(그런 일은 일어나지 않겠지). 이 책을 읽은 사람들이 서점 주인이 되기를 꿈꾸기보다 새 책이 궁금해서, 친구를 만나러, 그냥 심심해서 서점에 들렀다가 책 한 권씩 사 들고 나오는 서점 손님이 되었으면 좋겠다. 한 주에 한 번만이라도. 그게 책을 더 완전하게 즐기는 방법일지도 모르겠다.

시애틀의 잠 못 이루는 서점
: '아마존'의 도시에서 동네 서점이 사는 법

2018년 7월 14일 초판 1쇄 발행

지은이
이현주

펴낸이	**펴낸곳**	**등록**	
조성웅	도서출판 유유	제406 - 2010 - 000032호(2010년 4월 2일)	

주소
경기도 파주시 책향기로 337, 301 - 704 (우편번호 10884)

전화	**팩스**	**홈페이지**	**전자우편**
070 - 8701 - 4800	0303 - 3444 - 4645	uupress.co.kr	uupress@gmail.com

페이스북	**트위터**	**인스타그램**	
www.facebook .com/uupress	www.twitter .com/uu_press	www.instagram .com/uupress	

편집	**디자인**	**영업**	
조세진, 이경민	이기준	이은정	

제작	**인쇄**	**제책**	**물류**
제이오	(주)민언프린텍	(주)정문바인텍	책과일터

ISBN 979 - 11 - 85152 - 89 - 9 03810

이 도서의 국립중앙도서관 출판예정도서목록(CIP)은 서지정보유통지원시스템
홈페이지(seoji.nl.go.kr)와 국가자료공동목록시스템(www.nl.go.kr/kolisnet)에서
이용하실 수 있습니다.(CIP제어번호: CIP2018022097)

1 **단단한 공부** 윌리엄 암스트롱 지음. 윤지산 윤태준 옮김   12,000원

2 **삼국지를 읽다**   여사면 지음. 정병윤 옮김   13,000원

3 **내가 사랑한 여자** 공선옥 김미월 지음   12,000원

4 **위로하는 정신** 슈테판 츠바이크 지음. 안인희 옮김   10,000원

5 **야만의 시대, 지식인의 길** 류창 지음. 이영구 외 옮김   16,000원

6 **열린 인문학 강의** 윌리엄 앨런 닐슨 엮음. 김영범 옮김   16,000원

7 **중국, 묻고 답하다** 제프리 와서스트롬 지음. 박민호 옮김   15,000원

8 **공부하는 삶** 앙토냉 질베르 세르티양주 지음. 이재만 옮김   15,000원

9 **부모 인문학** 리 보틴스 지음. 김영선 옮김   15,000원

10 **인문세계지도** 댄 스미스 지음. 이재만 옮김   18,500원

11 **동양의 생각지도** 릴리 애덤스 벡 지음. 윤태준 옮김   18,000원

12 **명문가의 격** 홍순도 지음   15,000원

13 **종의 기원을 읽다** 양자오 지음. 류방승 옮김   12,000원

14 **꿈의 해석을 읽다** 양자오 지음. 문현선 옮김   12,000원

15 **1일1구** 김영수 지음   18,000원

16 **공부책** 조지 스웨인 지음. 윤태준 옮김   9,000원

17 **번역자를 위한 우리말 공부** 이강룡 지음   12,000원

18 **평생공부 가이드** 모티머 애들러 지음. 이재만 옮김   14,000원

19 **엔지니어의 인문학 수업** 새뮤얼 플러먼 지음. 김명남 옮김   16,000원

20 **공부하는 엄마들** 김혜은 홍미영 강은미 지음   12,000원

21 **같이의 가치를 짓다** 김정헌 외 지음   15,000원

22 **자본론을 읽다** 양자오 지음. 김태성 옮김   12,000원

23 **단단한 독서** 에밀 파게 지음. 최성웅 옮김   12,000원

24 **사기를 읽다** 김영수 지음   12,000원

25 **하루 한자공부** 이인호 지음   16,000원

26 **고양이의 서재** 장샤오위안 지음. 이경민 옮김   12,000원

일본 1인 출판사가 일하는 방식
다양하고 지속 가능한 출판을 위하여
니시야마 마사코 지음, 김연한 옮김

일본에서 나 홀로 출판사를 차린
대표 10명의 이야기를 편집자
출신의 저자가 취재하여 쓴 책.
어떻게 출판사를 차리게 되었는지,
1인 출판사를 운영하면서 느낀
점, 자기 출판사의 방향과 철학
등이 인터뷰를 통해 담담하게 적혀
있다. 기술 발전과 시대 변화로 1인
기업이 가능해진 시대, 출판사로
1인 기업을 자신만의 방식으로 꾸려
가는 사람들의 솔직담백한 고백이
담겼다.

책의 책

고양이의 서재
어느 중국 책벌레의 읽는 삶, 쓰는 삶,
만드는 삶
장샤오위안 지음, 이경민 옮김

중국 고전과 인문서를 꾸준히 읽어
착실한 인문 소양을 갖춘 중국의
과학사학자이자 천문학자의 독서
편력기. 학문, 독서, 번역, 편집, 서재,
서평 등을 아우르는 책 생태계에서
살아온 그의 삶에는 책을 좋아하는
사람의 모든 것이 담겨 있다. 과학과
인문학을 오가는 그의 문제의식과
중국 현대사 속에서 살아가는 개인의
관점 역시 놓칠 수 없는 대목이다.

읽는 삶, 만드는 삶
책은 나를, 나는 책을
이현주 지음

책을 읽고, 책으로 삶과 세상을
읽고 그리고 책을 만드는 사람의
책과 삶 이야기. 저자는 외로운
어린 시절부터 줄곧 친구처럼 곁에
있던 책과 독서 인생을 회상하며
자신의 인생을 함께 읽는다. 인생의
걸음마다 책은 저자가 스스로
생각하며 앞으로 나아가도록, 잠시
숨을 돌리도록 용기를 북돋고 조언을
하며 삶의 징검다리가 되어 주었다.
책에 대한 그런 사랑의 마음을 담아,
낙관적이면서도 따뜻한 눈을 지닌
저자는 자신의 인생에서 가장 소중한
친구인 책과 사람, 그들과 엮은
이야기를 차곡차곡 모아 이 책에
담았다.

오토바이로, 일본 책방
어느 헌책방 라이더의 고난극복
서점순례 버라이어티

조경국 지음

일본의 헌책방을 다룬 한 장의
신문기사에 무작정 집을 나선
한 헌책방지기의 천신만고 가득한
여행기. 중고 오토바이를 마련해,
이왕 가는 것 일본 곳곳의 헌책방을
가 보자는 포부를 담아 알뜰살뜰
일본 전역을 누빈다. 낙천적인
예상과 달리 영업 시간이 맞지 않아
방문하지 못한 책방, 점차 활기를
잃어 가는 책방 거리, 무엇보다
쏟아지는 비를 이고 다니는 고난의
역정이 글쓴이를 괴롭힌다.
그럼에도 책을 사랑하는 마음,
책방과 책방지기라는 자리에 대한
애정, 사람을 보는 따뜻한 시선으로
주변을 관찰하고 자신을 응시하는
저자의 글은 책을 만드는 것도 파는
것도 읽는 것도 사람임을 다시 한 번
깨닫게 해 준다. 저자가 직접 찍은
사진과 사이사이에 든 관련 일화도
또 다른 재미를 더한다.

책벌레의 공부
책에 살고 책에 죽다

이인호 지음

중국 역대 책벌레의 천태만상을 모은
종합선물세트. 평생 중국 콘텐츠를
연구해 온 학자이자 스스로 책벌레인
저자가 중국 고금의 책벌레가 얼마나
열심히 책을 읽고 공부했는지, 책에
대한 그들의 애증이 얼마나 깊은지
다양한 자료를 모아 망라했다.
이 책에는 책이라는 사물의 안팎에
매료된 인간이 얼마나 다양한 모습을
보여 줄 수 있는지 풍성하게 담겨
있다. 더불어, 여러 모습을 지닌
책벌레의 일화를 재미있게 읽노라면
문득 책과 공부와 인생에 대해 다시
한 번 되돌아보게 만든다.

책 정리하는 법
넘치는 책들로 골머리 앓는 당신을 위하여

조경국 지음

새 책, 헌책 가리지 않고 그러모으는
헌책방 책방지기인 저자가 오랫동안
책과 고군분투하면서 터득한
책 정리법을 소개한다.
책을 정리하는 데에 정해진 법칙은
없다. 하지만 자신만의 기준이
있다면 좀 더 품격 있는 나만의
서재를 만들 수 있는 법. 저자는 직접
시도해 본 서가 만드는 법, 책 정리법,
아끼는 책이 상하지 않도록 보관하는
법, 책을 손쉽게 옮기는 법, 망가진
책을 고치는 법 등을 알려 준다.
여기에 저자가 보고 듣고 읽은 서재에
관한 일화가 또 다른 재미를 더한다.

문장들

시의 문장들
굳은 마음을 말랑하게 하는 시인의 말들

김이경 지음

어떻게 시를 읽을까, 혹은 시로
다가드는 마음이 어떤 것일까
궁금한 독자에게 저자는 (시의)
"그 문장이 있어 삶은 잠시 빛난다.
반딧불 같은 그 빛이, 스포트라이트
한 번 받은 적 없는 어둑한 인생을
살 만하게 만든다"라고 고즈넉이
읊조린다. 저자는 자신이 시를 읽은
이야기를 들려주면서 자신이 전한
시 한 줄이 독자들에게 "하나의 큰
세계로 이르는 길목이 되기를 바랄
뿐"이라고 말한다.

쓰기의 말들
**안 쓰는 사람이 쓰는 사람이 되는
기적을 위하여**

은유 지음

소소한 일상에서 의미를 발굴하는
안목과 낮고 작은 사람들과 공감하는
능력으로 자기만의 글쓰기를 선보인
저자가 니체, 조지 오웰부터 신영복,
김훈까지 쓰기에 관한 문장을
간추려 뽑아 안 쓰는 사람이 쓰는
사람이 되도록 이끄는 마중물 같은
글을 써냈다.

소설의 첫 문장
다시 사는 삶을 위하여

김정선 지음

소설의 첫 문장을 삶에 비춘 글.
소설을 시작하는 문장 242개가 모여
보여 주는 밀도감과 그 문장을 통과해
써 나간 글의 사색이 촘촘한 듯
느슨한 듯 엮어 있다. 이전 책들에서
감성 넘치는 글쓰기를 선보였던
저자는 이 책에서 사람의 삶과 가장
닮은 소설, 그 첫 문장 그리고 자신의
삶을 누에처럼 찬찬히 먹어 치우고
자기를 엮은 글을 뽑아냈다.

읽기의 말들
이 땅 위의 모든 읽기에 관하여
박총 지음

명창정궤明窓淨几. "볕 드는 창 아래
놓인 정갈한 책상. 그 위에 놓인
한 권의 책. 무엇이 더 필요할까.
그 사람은 모든 것을 가졌다."
우주삼라만상을 읽고 사랑하고자
하는 저자 박총이 '읽기'라는 행위를
면밀히 더듬어 가며 쓴 책. 다양한
책의 곳곳에서 가져온 문장을 통해,
읽기를 향한 자신의 애정과 삶
그리고 생활인으로서의 실천을
섬세하게 담아냈다. 활자책, 자연책,
인생책이라는 3종 세트를 뭉근히
읽어 나가며, 사람과 삶과 세상과
나 자신을 사색하고 살피고자 하는
모든 '애독자'에게 바치는 잠언집
같은 책이다.

공부의 말들
수많은 실패를 통해 성장하는 배움을 위하여
설흔 지음

고전을 공부하는 소설가 설흔 선생이
우리 고전에서 다양한 견해의 공부에
관한 문장을 뽑아 자신의 삶을
반추한다. 박지원, 정약용, 이익 같은
학자부터 시작해 남공철, 성해응,
임준원, 허필처럼 다소 낯설지만
학문과 수양에 정성을 다했던 이들의
문장을 통해 반듯하지 못한 저자
자신을 돌아보기도 하고, 때론 그 말
자체를 삐딱하게 바라보며 회의의
시선을 보낸다. 평생 공부를 지향하는
사람이 공부란 무엇이며, 배우고
익히는 사람의 마음가짐이란 어떠해야
하는지를 생각해 볼 수 있도록 이끄는
책이다.

박물관 보는 법
보이지 않는 것을 보는 감상자의 안목
황윤 글, 손광산 그림

박물관을 제대로 알고 감상하기 위한 책. 소장 역사학자이자 박물관 마니아인 저자가 오래도록 직접 발품을 팔아 수집한 자료와 직접 현장을 누비면서 본인이 듣고 보고 느낀 내용을 흥미로운 스토리텔링 방식으로 집필했다. 우리 근대 박물관사의 흐름을 한눈에 꿰게 할 뿐 아니라 그 흐름을 만들어 간 사람들의 흥미로운 사연과 앞으로 문화 전시 공간으로서 박물관이 나아갈 바람직한 방향까지 가늠하게 해 준다.

일제 치하에서 왜곡된 방식으로 근대를 맞게 된 우리 박물관의 역사도 이제 100여 년이 되었다. 박물관을 설립하는 데 관여한 사람들과 영향을 준 사건들을 살피다 보면 유물의 소장과 보관의 관점에서 파란만장한 우리 근대 100년사를 일별할 수 있다. 또한 공간의 관점에서도 단순히 유물과 예술품을 전시하는 건물로만 여겼던 박물관이 색다르게 다가온다. 보이지 않던 박물관의 면모가 보이고 이를 통해 박물관을 관람하는 새로운 시야를 열어 줄 것이다.

땅콩 문고

책 먹는 법
든든한 내면을 만드는 독서 레시피
김이경 지음

저자, 번역자, 편집자, 논술 교사, 독서 모임 강사 등 텍스트와 관련한 여러 가지 일을 오래도록 섭렵하면서 단련된 독서가 저자 김이경이 텍스트 읽는 법을 총망라하였다. 읽기 시작하는 법, 질문하면서 읽는 법, 있는 그대로 읽는 법, 다독법, 정독법, 여럿이 함께 읽는 법, 어려운 책 읽는 법, 쓰면서 읽는 법, 소리 내어 읽는 법, 아이와 함께 읽는 법, 문학 읽는 법, 고전 읽는 법 등 여러 가지 상황과 처지에 맞게 책을 접하는 방법을 자신의 인생 갈피갈피에서 겪은 체험과 함께 소개한다.

학생이 배우고 익히는 법
미국 명문고 교장이 각계 전문가들과
완성한 실용 공부법

리처드 샌드윅 지음, 이성자 옮김

저자 리처드 샌드윅은 대학교에서
교육 심리학을 공부했고
고등학교의 교장으로 부임해 그
학교를 미국 내 명문학교로 키우는
데 큰 공헌을 한 사람이다. 그는
학생의 공부 습관이나 노하우에
관심을 갖고 꼭 필요한 요령을
파악해 학생에게 도움을 주고자
했다. 그는 이 책을 각 분야의
전문가의 도움을 받아 완성했다.
심리, 교육부터 영양까지 다채로운
분야의 전문가의 조언으로
다듬어진 덕분에 이 책은 교사와
학부모의 높은 신뢰를 받아
오래도록 학생 교육 방면에서
스테디셀러로 자리매김했다.
"학생들이 효율적인 공부를 하기
위한 보편 원칙을 간단히 터득하게
하는 것"을 목적으로 한다고 밝힌
데에서도 알 수 있듯, 이 책은
공부의 보편 원칙을 앞에 놓고
개별 과목의 공부법을 뒤에 두어
먼저 공부할 때 동기를 부여하려
한다. 학생에게 공부란 무엇인지,
왜 공부를 해야 하는지 설명하고,
뒤이어 공부하는 법을 알려 준다.

서평 쓰는 법
독서의 완성

이원석 지음

서평은 독서의 완성이다. 하지만
아직까지 우리는 서평의 본질에
대한 이해조차 부족하다. 흔히들
책의 요약이나 독후감을 서평으로
이해하지만 서평은 책의 요약이
아니다. 요약은 서평의 전제로서
고급 독자는 서평으로 자기 생각을
내놓는다. 또한 원칙적으로 모든
저자는 서평 쓰기로부터 집필을
시작한다. 그렇다면 서평은 모든
글쓰기의 시작이라고 볼 수 있다.
이 책은 그 시작을 본질부터
차근차근 설명한 안내서다.

어린이책 읽는 법
남녀노소 누구나

김소영 지음

어린이가 평생 독자로 되기를 바라는
어른을 위한 어린이책 안내서.
어린이에게 책이 무엇인지, 독서가
무엇인지 알려 주고, 아이와 책장을
정리하는 법, 분야별로 책 읽는 법과
좋은 책 이야기를 알차게 담았다.
이야기마다 저자가 독서교실에서
만난 아이들의 생생한 일화를 예로
들고 있어 더욱 친근감을 준다.
한편으로 저자는 이 책이 어린이만을
위한 것이 아니라 책 읽기가 정체된
어른에게도 유익하리라 권한다.
실제로 어른도 읽어 보고 싶은
어린이책이 가득 소개되어 있다.

동화 쓰는 법
이야기의 스텝을 제대로 밟기 위하여
이현 지음

어린이문학 작가 이현이 그동안 읽어 온 이야기를 분석하고, 직접 길고 짧은 어린이책을 쓰면서 다양한 인물과 이야기를 만든 과정, 작가 지망생에게 동화 쓰기를 가르치며 정리한 방법을 알차게 담았다. 춤을 배우기 전에 기본 박자에 맞추어 스텝을 배우듯 저자는 독자들이 이야기, 독자, 주인공, 사건, 플롯, 전략 등 동화 쓰기라는 창작의 스텝을 제대로 밟도록 이끌어 준다. 저자가 권하는 동화와 청소년소설, 어린이문학과 창작 이론서 목록도 함께 소개한다.

번역가 되는 법
두 언어와 동고동락하는 지식노동자로 살기 위하여
김택규 지음

전문 출판 번역가로서 20여 년간 살아온 저자가 번역가 지망생에게 들려주는 자신의 경험과 조언을 담은 안내서. 냉혹하다 싶을 정도로 출판 번역과 출판계의 환경을 점검하고, 그 안에서 번역가가 되기를 바라는 이가 할 수 있는 일과 해야 하는 일을 현실적으로 짚어 준다. 직업인으로서 번역가에게 필요한 실제 내용과 더불어 출판계에 갓 들어왔을 때 반드시 살펴야 할 실무까지 알차게 챙겼다.

어휘 늘리는 법
언어의 한계는 세계의 한계다
박일환 지음

30년간 국어 교사로 일한 시인이자 소설가인 박일환 선생이 언어와 어휘에 대한 자신의 관점과 함께 사고를 확장하는 도구로서 어휘를 대하고 늘릴 수 있는 방법을 정리한 책. 교사로서 문학가로서 오랜 기간 관심을 가지고 탐색하고 고민한 언어와 어휘에 대한 다양한 주제가 가닥가닥 담겨 하나의 줄기를 이룬다. 결국 언어와 어휘를 생각한다는 것은 자신과 세상과 삶을 생각한다는 것임을, 단단하면서도 유연한 사고로 어휘를 늘려 나가다 보면 폭넓은 교양과 사고를 아우를 수 있게 됨을, 저자는 저자 자신의 글로 보여 준다.

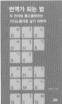

출판사에서 내 책 내는 법
투고의 왕도

정상태 지음

베테랑 편집자가 투고를 준비하는
예비 저자가 참고하면 좋을 만한
사항들을 정리한 믿음직한 안내서.
모든 원고의 첫 번째 독자이자 저자,
원고, 시장, 독자 모두를 고려하는
편집자의 복합적인 관점을
예비 저자가 익히도록 도움을 주는
책이다. 예비 저자가 자신의 원고를
어떤 방향으로 수정하고 보완해야
할지 생각해 볼 수 있도록 하는
동시에 콘셉트 만들기, 예상 독자
찾기, 기획서 완성하기, 투고할
출판사 찾기 등등에 대한 친절한
조언이 담겨 있다.